흑룡전설 용지호

흑룡전설 용지호

김봉래 장편소설

문학동네

차례

PROLOGUE RACE

전설의 시작

"양재천에 드래곤이 있다!"

이것은 할리우드 영화나 판타지 소설 속의 이야기가 아니다. 누구의 입으로부터 시작되었는지는 알 수 없지만, 언제부턴가 양재천 자전거길을 오가는 라이더들 사이에서 '양재천에 가면 드래곤을 만날 수 있다.'는 소문이 떠돌기 시작했다.

한 라이더의 말을 빌리자면 이러하다.

"길을 잃고 양재천을 헤매고 있을 때 그를 만난 거야. 그는 마치 광야의 초인처럼 홀연히 나타났어. 드래곤이 그려진 두건을 쓰고 붉은빛의 자전거를 탄 그 사내는 바람처럼 내 옆을 스쳐 지나갔고, 나는 귀신에 홀린 듯 그의 뒷모습에 이끌려 페달을 밟았지. 어디를 향해 달렸는지, 시간이 얼마나 지났는지도 몰라. 그를 따라 달리다 보니 어느덧 나는 익숙한 길 위에 있었고, 그는 유유히 밤안개 속으로 사라졌어."

드래곤을 목격한 또 다른 라이더의 말을 들어 보자.

"밤이슬이 내려 길이 젖어 있었어요. 그것도 모르고 평소처럼 달리다가 그만 맨홀 뚜껑을 밟고 미끄러지고 말았죠. 무릎이 까지고 피가 줄줄 흐르는 것까진 참을 수 있었는데, 자전거 앞바퀴에 펑크가 나 버린 거예요. 한밤중이라 자전거 가게도 다 문을 닫았고, 집까지 두 시간을 걸어가야 할 판이었어요. 그때 드래곤이 나타난 겁니다. 드래곤은 자전거를 멈춰 세우고 길바닥에 비참하게 쓰러져 있는 저를 잠시 내려다보았어요. 그 자비로운 눈길은 마치 간디, 석가모니, 예수 같았다니까요."

드래곤은 안장 가방에서 연고와 반창고를 꺼내 라이더에게 건넸다. 어느새 드래곤은 수호천사 나이팅게일이 되어 순백의 날개를 잠자리처럼 파닥거리고 있었다. 주체할 수 없는 감동과 전율로, 연고를 찍어 바르는 라이더의 손끝이 떨려 왔다. 그러나 놀라지 마시라. 이것이 끝이 아니다. 꼼꼼히 치료를 끝낸 라이더가 감사의 인사를 건네려 고개를 든 순간, 이번엔 자전거 바퀴를 고치고 있는 맥가이버가 눈앞에 있는 것이 아닌가!

"드래곤이 펑크 수리를 마치고는 오히려 저에게 꾸벅 인사를 하더군요. 고맙다는 말이 미처 끝나기도 전에 드래곤은 어둠 속으로 사라졌어요."

드래곤에 관한 이야기는 꼬리에 꼬리를 물고 전해졌다. 한낮의 뜨거운 태양을 피해, 잠시 지나가는 소나기를 피해 모여 앉은 양재천의 다리 아래서 라이더들은 드래곤에 대한 이야기꽃을 피웠다.

입소문이라는 것이 다 그렇듯이, 시간이 지날수록 드래곤에 대한 이야기는 눈덩이처럼 불어나기 시작했다. 쉼 없이 페달을 밟는 드래곤을 따라잡기 위해 많은 라이더들이 도전장을 내밀었지만, 지금껏 단 한 명도 드래곤을 이기지 못했다는 소문은 그나마 현실적인 수준이었다.

"드래곤은 죽을 때까지 달릴 수밖에 없는 운명을 지닌 남자야. 사이클 경주에서 우승하기 위해 악마에게 영혼을 팔았대. 그 후 기어이 우승이라는 욕망을 채웠지만, 영원히 자전거 안장에서 내려올 수 없는 저주를 함께 받게 된 거야. 안장에서 내려오는 순간, 그가 걷는 한 발 한 발이 불쏘시개 위를 걷는 고통이라지?"

이야기가 이쯤 되면 모두가 배를 잡고 낄낄거릴 법도 하지만, 라이더들은 자못 진지한 표정으로 드래곤을 칭송하기를 멈추지 않았다. 드래곤이 나타나자 양재천의 살진 비둘기들이 학익진을 펼치며 드래곤의 머리 위로 호위 비행을 했다는 둥, 영역을 다투던 토끼와 너구리가 싸움을 멈추고 그에게 고개를 조아렸다는 둥, 드래곤이 자전거를 타고 양재천으로 뛰어들자 모세의 기적처럼 물길이 양 갈래로 갈라졌다는 둥……. '등신 같지만 왠지 멋있는' 드래곤의 전설은 그렇게 시작되고 있었다.

RACE 1

라 포데로사

새 학년 새 학기가 시작된 지도 벌써 한 달이 지났다. 지호는 '그 어느 때보다 중요한 시기'라는 중3이 되었지만, 작년과 비교해 특별히 달라진 건 없었다. 아침 일찍 일어나 반쯤 눈이 감긴 채 비몽사몽 학교에 갔다가 학원으로 직행, 그리고 밤 열 시가 되어 집으로 돌아와 학원 숙제를 마치고 다시 잠이 드는 하루하루. 변한 것이라고 해야 반 친구들이 달라졌고, 선생님이 바뀌었고, 과제가 더 늘어났다는 것 정도였다.

외고나 과학고를 목표로 삼은 친구들은 이미 중학교에 입학할 때부터 고입 준비를 시작하고 있었다. 또 어떤 친구들은 해외 봉사 활동이나 어학연수 등 일찌감치 대학 입시를 겨냥한 스펙을 쌓느라 여념이 없었다. 지호도 이번 학기부터, 엄마의 등쌀에 떠밀려 다니던 동네 학원 대신 대치동 학원에 다니기 시작했다. 아빠는 평촌에 있는 학원들도 수도권에서 알아주는 곳이라며 가까운 학원에 다니길 바랐지만, 엄마 생각은 달랐다.

엄마의 바람과는 달리 지호는 공부에 자신이 없었다. 과거 선배들이 한 반에 열다섯 명씩 외고와 과학고에 진학했다는 신흥 명문 중학교에 다니고 있긴 하지만, 그건 특수고의 경쟁률이 지금처럼 높지 않았던 시절의 이야기였다.

"노력하면 금방 따라잡을 수 있어."

엄마는 지호의 등을 두드리며 격려했지만, 지호는 그때마다 낭떠러지로 떠밀리는 기분이었다. 내 앞에 있는 녀석들도 따라잡히지 않으려고 기를 쓰고 공부한단 말이야. 하지만 그렇게 말할 수 없었다.

"그러면 네가 걔네보다 좀 더 노력하면 되잖아."

이런 대답이 돌아올 게 뻔하니까.

지호는 책상 앞에 앉아 연필을 굴렸다. 학교에 제출해야 하는 진로 희망서의 학부모 의견란에는 '치과 의사'라고 적혀 있었다. 엄마가 쓴 것이다.

"지호는 꼼꼼하고 손재주가 좋으니까 치과 의사 하면 정말 잘할 거야."

어릴 때부터 엄마가 항상 하던 말이었다. 어렸을 때부터 프라

모델 만들기를 좋아했고 컴퓨터를 직접 조립하기도 했지만, 치과 의사는 좀(이 아니라 많이) 다르잖아! 지호는 치과 의사가 그다지 좋은 직업이 아니라고 생각했다. 매일매일 다른 사람의 썩은 이를 들여다보고 있어야 한다니……. 물론 치과 의사가 돈을 아주 많이 번다는 사실을 알게 된 후론 엄마의 마음을 조금은 이해하게 됐지만, 그래도 싫은 건 싫은 거다.

지호는 고민에 고민을 거듭하다 진로 희망서의 학생 의견란에 깨알 같은 글씨로 '회사원'이라고 적었다. 어떤 회사에서 어떤 일을 할지 생각해 본 적은 없다. 그냥 평범한 학생으로 공부하고, 평범한 직장인이 되고, 평범하게 결혼을 하고, 평범한 가족을 이뤄 평범하게 살다가 평범하게 죽고…….

"헐, 치과 의사? 엄마는 꿈도 야무지셔."

지호는 화들짝 놀라 진로 희망서를 책으로 덮었다. 어느새 방에 들어온 지희가 어깨 너머로 지호의 암울한 미래를 엿보고 있었다.

"노크 몰라? 진짜, 매너 좀."

"뭘 그렇게 놀라셔, 치과 의사? 야동이라도 보고 있었어?"

"무슨 야동을 봐! 그리고 너 이제 오빠한테 반말하지 마. 너도 이제 중2니까 개념 좀 챙겨."

"그러셔? 혹시 내 엠피스리 보셨음?"

"그걸 내가 어떻게 알아? 아까 엄마가 방 청소하는 것 같던데 엄마한테 물어봐."

"완전 짜증 나!"

지희가 발꿈치를 바닥에 쿵쿵 찧으며 거실로 나갔다.

지호는 진로 희망서를 물끄러미 바라보다 '회사원'을 지우개로 쓱쓱 지워 버리곤, 빈칸에 마른땅을 기어가는 지렁이 같은 글씨로 '치과 의사'라고 적어 넣었다.

지호가 평촌에 있는 학교에서 대치동 학원으로, 학원을 마치고 다시 평촌 집으로 돌아온 시간은 밤 열 시쯤이었다. 부엌에서 설거지하는 엄마, 술이 불콰하게 오른 얼굴로 텔레비전 뉴스를 보고 있는 아빠, 자기 방에 처박혀 죽었는지 살았는지 기척도 없는 지희. '평소와 다를 바 없는 화목한 가족의 풍경이네.' 라는 생각이 드는 순간 거실 구석에 세워진 큼지막한 박스 하나가 눈에 들어왔다.

"자전거 샀어?"

지호는 냉장고 문을 열며 엄마에게 물었다.

"아빠가 회사에서 받아 왔어."

"회사에서 공짜로 준 거야?"

"세상에 공짜가 어디 있어? 다 일한 만큼 받는 거지."

"월급 대신 주는 건 아니지?"

엄마가 설거지를 끝내고 손을 털며 피식 웃었다.

"작년처럼 마트 상품권이나 주지. 탈 사람도 없는데 저걸 어디다 써."

"내가 저녁마다 타면 되지."

거실에 있던 아빠가 슬그머니 대꾸했다.

"리모컨 가지러 가기 귀찮아서 채널도 안 돌리는 사람이 잘도 타시겠네. 한 달만 꾸준히 타도 내가 손에 장을 지진다."

"설마 한 달은 타겠지. 허허."

"엄마, 먹을 거 없어?"

"자기 전에 먹는 음식은 다 살이야. 네가 운동도 안 하고 그러니까 자꾸 살만 찌지."

"그럼 지호랑 같이 자전거 타면서 운동하면 되겠네. 지호야, 주말마다 아빠랑 자전거 타자."

"싫어, 귀찮아. 자전거도 이거 한 대밖에 없잖아."

"왜? 초등학교 때 타던 자전거 있잖아."

"그걸 어떻게 타? 이젠 작아서 못 타."

보조 바퀴를 떼어 낸 어린이용 자전거를 타라니. 몸에 안 맞기도 하지만, 쪽팔려서 못 탄다. 그걸 초등학교 5학년 때까지 타고 다녔으니, 그 몰골이 얼마나 우스웠을까? 지호는 우유를 가득 담은 컵을 들고 자전거 박스를 이리저리 살폈다. 박스엔 'RCT MASTER TURBO'라고 쓰여 있었다.

"아빠, 이거 직접 조립해야 하는 거야?"

"직접 해도 되고, 자전거 가게 가서 해 달라고 해도 되고."

"내가 한번 해 볼까?"

"쓸데없는 짓 하지 말고 씻고 들어가."

오늘 하루도 엄마의 애정 어린 한마디로 마무리된다. '꼼꼼하고 손재주가 좋은' 지호는 자전거 박스를 쳐다보며 우유를 벌컥벌컥 마셨다.

주말이 돼서야 아빠는 자전거 박스를 개봉했다. 막상 분해된 상태의 바퀴와 핸들이 거실 바닥에 어지럽게 펼쳐지자 아빠는 난감한 표정을 지었다.

"공구가 있어야겠는걸."

"그냥 자전거 가게 가져가. 정신 사납게 이게 뭐야!"

모빌리코르푸스! 엄마의 불같은 외침은 마치 해리포터의 마법 주문처럼 지호와 아빠를 동네 자전거 가게로 순간 이동시켜 놓았다. 자전거 가게 주인아저씨는 떨떠름한 표정을 지으며 자전거를 조립하기 시작했다.

"조립비 이만 원이오."

핸들과 바퀴, 페달 조립을 끝낸 주인아저씨가 퉁명스럽게 손을 내밀었다.

"브레이크나 기어 세팅은 안 해 주시나요?"

아빠의 말에 주인아저씨는 못마땅한 얼굴로 브레이크와 기어를 점검했다. 아저씨 기분이 영 좋지 않아 보이는 것은 아마도 자기 가게에서 산 자전거가 아니기 때문일 것이다.

어쨌든 자전거는 예뻤다. 샐비어 꽃 같은 빨간색 몸체에 크고 가느다란 바퀴, 흠집 하나 없는 새 자전거가 토요일 오후의 햇살에 반짝반짝 빛났다. 날렵한 안장 밑에는 작은 가방도 달려 있었다.

"아빠, 이거 사이클이야? 바퀴가 되게 얇다."

"사이클은 핸들이 구부러진 거야. 이건 일자로 평평하잖아."

"아빠, 나 한번 타 볼게."

"탈 수 있겠니? 초등학교 때 타고는 안 타 봐서 걱정이네."

"괜찮아. 나도 이제 어린애가 아니라고."

새 자전거에 앉는 순간, 뾰족하고 딱딱한 느낌의 안장이 지호의 엉덩이를 깜짝 놀래며 환영의 인사를 했다. 지호는 조심스럽게 페달을 밟았다. 자전거는 부드럽고 힘차게 앞으로 움직였다.

"아빠, 이거 엄청 잘 나가!"

"조심해! 앞 똑바로 보고."

아빠의 목소리는 어느새 저만큼 멀어졌다. 새 자전거는 초등학교 때 타던 자전거와는 비교도 되지 않을 만큼 가볍고 빨랐다. 지호는 문득 첫 자전거의 보조 바퀴를 떼던 날이 생각났다. 비틀비틀 위태로웠지만 오로지 자신의 힘만으로 균형을 잡고, 거칠 것 없이 앞으로 달려 나가던 짜릿한 희열을 지호의 몸은 고스란히 기억하고 있었다. 날이 어두워지는 것도 잊은 채 땀을 뻘뻘 흘리며 신 나게 자전거를 타던 그때로 돌아간 것 같아 기분이 좋았다. 지호는 아빠와 번갈아 자전거를 타고 중앙공원까지 내달렸다. 어느새 해가 지고, 집으로 돌아오는 길에는 푸른 어둠이 깔렸다. 지호는 아빠와 함께 학의천 산책로를 따라 천천히 걸었다.

"요즘 공부는 잘돼?"

"그냥 그렇지."

"학원 다니는 건 힘들지 않고?"

"초딩 때부터 계속 다녔는걸, 뭐."

"학교에서는 재미있는 일 없니?"

"딱히."

아빠와 대화를 하는 것은 별로 재미없다.

"오늘 자전거 가게에서 봤지? 간단한 자전거 조립이지만 기술을 가지고 있으니까 직업이 되고 돈벌이가 되잖아. 지호도 이제 하고 싶은 일이 뭔지 고민을 해야 할 때가 됐지? 내년이면 고등학생이 되니까."

아빠는 아무렇지 않게 진지한 말을 이어 나갔다. 장래 희망, 하고 싶은 일, 꿈을 찾는 일……. 그게 말처럼 쉬우면 얼마나 좋을까?

보름 정도 아빠는 열심히 자전거를 타는 듯했지만, 그 후로는 엄마의 예상대로였다. 술을 마시고 늦게 들어와서, 다음 날은 숙취의 여파로, 또 다음 날은 야근 때문에. 그렇게 점점 타는 횟수가 뜸해지더니 급기야 자전거는 집 밖 비상계단으로 내쫓기고 말았다. 지호는 학원에서 집으로 돌아올 때마다 비상계단 문을 열고 자전거가 잘 있는지 눈도장을 찍었다. 자전거는 항상 같은 모습으로 한자리를 지키고 있었다. 달리지 않는 자전거는 왠지 쓸쓸해 보였다.

오늘 엄마는 평소보다 30분 일찍 지호를 깨웠다. 시계는 아직 여섯 시 반을 가리키고 있다.

"일어나. 마을버스가 파업해서 지하철 타야 해."

"엄마가 태워다 주면 되잖아."

"차가 없잖아."

아차, 그렇지. 지호네는 얼마 전에 차를 팔았다. 지호가 중3이 되면서 엄마는 10년 가까이 다닌 회사를 그만뒀다. "직장 때문에 지호와 지희를 제대로 챙기지 못해 걱정"이라던 엄마가 고민 끝에 내린 결정이었다. 지호네 가족은 곧바로 긴축재정에 돌입했다. 외식 금지, 휴대전화 요금 아끼기, 전기 요금 수도 요금 줄이기 등등. 그중 가장 강력하고 충격적인 조치는 자동차를 처분한 일이었다. 아빠는 지호와 지희의 픽업을 위해서라도 꼭 필요하다고 주장했지만, 가계의 통수권자인 엄마의 강한 의지 앞에 결국 무릎을 꿇어야만 했다.

지호는 허겁지겁 밥을 먹고 가방을 챙겼다. 지하철역까지 가려면 20분은 걸어가야 한다.

"대체 마을버스는 왜 파업을 한 거야! 시민의 불편은 안중에도 없나?"

지호는 신발을 꿰어 신고 구시렁거리며 현관을 나섰다. 하필이면 엘리베이터도 지호네 바로 아래층을 통과해 내려가는 중이었다. 제길, 분명 지하 2층 주차장까지 가겠지. 바로 그때 비상계단 문틈으로 빼꼼 고개를 내민 빨간 자전거가 지호의 눈에 들어왔다. 무슨 이유였을까? 지호는 어떤 망설임도 없이 집 안으로 후다닥 뛰어 들어가 자전거 열쇠를 챙겼다.

"나 자전거 타고 갈게!"

등 뒤로 엄마와 아빠의 목소리가 들렸지만, 무슨 말인지 알아들을 수 없었다. 위험해서 안 된다, 내지는 조심해서 타거라, 그런 말일 것이다.

자전거를 타니 학교까지 채 20분도 걸리지 않았다. 출근 시간 자동차로 꽉 막힌 답답한 길을 유유히 빠져나가는 자전거가 이렇게 빠를 줄은 미처 알지 못했고, 이른 아침의 시원한 공기가 얼굴에 부딪힐 때마다 느껴지는 상쾌한 기분도 처음이었다.

며칠 후부터 지호는 자전거를 타고 학교에 다니기 시작했다. 엄마와 아빠는 안전상의 이유로 자전거 통학을 반대했지만, 지호도 나름의 대책을 세워 그에 대응했다.

내가 자전거를 타고 학교에 다녀야 하는 이유

1. 학교 가는 길 대부분 자전거 전용 도로가 설치되어 있음
   →안전 문제 해결
2. 교통비 절감 →가정 경제에 막대한 공헌
3. 부족한 운동 보충 →감기 예방 등 병원비 절감, 또한
   건강한 신체에서 건강한 정신이 나옴
4. 탄소 배출 감소 효과 →환경 보호에 이바지

자기 생각을 말로 표현하는 것이 서툰 지호는 워드프로세서와 프린터의 힘을 빌렸다. 엄마의 말을 빌리자면 '참으로 쓸데없는 곳에서 꼼꼼함을 발휘하는' 갸륵한 정성 덕분에 지호의 소망이 이루어진 것이다.

어렸을 때 지호가 처음 탔던 세발자전거의 이름은 '뽀로로'였다. 누가 붙여 준 이름이 아니라, 뽀로로 캐릭터가 그려진 진짜 뽀로로 자전거였다. 지호는 뽀로로와 함께했던 즐거운 추억을 떠올리며 새 자전거에게만은 직접 멋진 이름을 지어 주고 싶었다. 씽씽이, 스피드, 번개호, 생각나는 이름들이 하나같이 유치했다. 이럴 땐 인터넷의 도움을 받아야 한다.

로시난테, 지브라, 풍륜, 타슈, 셀리, 아카짱…….

그럴듯도 하고, 영 아닌 것 같기도 하고. 그러던 중 지호는 모터사이클 마니아 블로그에서 멋진 글을 발견했다.

스물네 살의 아르헨티나 청년 체 게바라는 친구와 함께 모터사이클을 타고 남아메리카 횡단 일주를 했다. 그는 자신의 모터사이클에 '힘센 녀석'이라는 의미의 애칭을 붙여 주었다.

그 모터사이클의 이름은 '라 포데로사(La Poderosa)'였다.

"라 포데로사, 포데로사."

지호는 만족스러운 표정으로 중얼거렸다. 입에 짝짝 달라붙고 혀에 착착 감기는 근사한 이름이다. 지호의 자전거는 이제부터 '포데로사'라고 불릴 것이다. 비록 주인이 남아메리카의 광활한 고원을 달리는 체 게바라가 아닌, 경기도 안양시 동안구의 자전거 도로를 달리는 평범한 열여섯 중학생이지만 말이다.

RACE 2

지금은 네 시에서 다섯 시 사이

"오오, 용지! 자전거 간지 작살! 열라 울트라 캡숑 짱!"

포데로사를 타고 학교에 간 날, 지호의 자전거에 관심을 보인 친구는 범규뿐이었다. 범규는 중학교에 들어와서 친해진 유일한 친구다. 지호는 운동을 잘하는 것도 아니고 게임이나 유럽 축구에 빠삭한 것도 아니라서 남자아이들의 대화에 쉽게 끼지 못했고, 소심한 성격 탓에 같은 반 여자아이들과는 짧은 대화는커녕 눈도 맞추지 못할 정도였다. 그런 지호와 달리 범규는 활발한 성격의 수다쟁이였다. 범규는 일찍이 초등학교 3학년 때 개그맨이 되겠다는 인생의 목표를 세우고 자기 방 벽에 '하루라도 웃기지 못하면 입 안에 가시가 돋는다.'라는 글귀를 써 붙였다. 오범규라는 평범한 이름은 개그맨에게 어울리지 않는다며 이름도 '오밤'으로 자체 개명했다. 비록 범규를 오밤이라고 부르는 사람은 지호뿐이지만 말이다.

"자전거, 엄마가 사 줬어?"

"아빠가 회사에서 받아 온 거야."

"어쩐지 좀 구식 모델 같더라. 그래도 자물쇠는 튼튼한 걸로 바꾸는 게 좋겠어."

"왜?"

"싸구려 자물쇠는 확 잡아당기면 끊어져. 자전거 훔쳐 가는데 30초도 안 걸려. 내가 자전거 두 대나 잃어버려 봐서 알거든."

"그래? 그럼 어떤 걸로 바꾸지?"

"사관절 자물쇠라고 쇳덩이로 된 완전 튼튼한 거 있어."

"근데 그거 비싸?"

"백만 원."

"정말?"

"일억 원."

"아 진짜, 오밤! 웃기지 말고."

"만오천 원에서 이만 원 정도 할걸?"

이건 맞는 것 같다. 이만 원이면 별로 어려워 보이지도 않던 자전거 조립을 직접 하고 그 돈으로 자물쇠를 살 걸 그랬다.

"학교 안에 두지 말고 옆 아파트 단지에 세워 놔. 경비실 근처면 더 안전해."

오밤은 모르는 게 없는 친구다. '자고로 개그맨이라면 넓고 얕은 습자지 지식을 갖춰야' 대성할 수 있단다. 지호는 항상 자기를 웃겨 주는 오밤이 좋았다. 하지만 지호는 오밤이 자신에게 해주는 것만큼 오밤을 즐겁게 해 주지 못했다. 오밤을 웃기지도 못했고(지호가 어쩌다 시도하는 개그에 오밤은 절대 웃지 않았다. 다른 사람의 개그에 무릎 꿇지 않는 것이 개그맨의 마지막 자존심이라나!) 평범한 키에 평범한 얼굴, 평범한 체격……. 그나마 특별한 것이라면 '용지호'라는 이름뿐이다. 그것조차도 아빠에게 물려받은 성씨 덕분이지만.

"찌질이들, 뭐 해? 찌질찌질 존나 찌질한 얘기해?"

갑자기 효주가 끼어들었다. 효주는 지호네 반의 알아주는 욕쟁이였다. 얼굴은 예쁘장하지만 어디로 튈지 모르는 성격 때문에 효주는 남자아이들의 기피 대상 1호였고, 여자아이들 사이에서도 왕따 비슷한 것을 당하는 듯했다. 효주의 등장에 오밤이 슬며시 자리에서 일어났다.

"왜, 무서워? 물지 않아요. 물지 않습니다."

"무서워서 피하냐? 더러워서 피하지."

오밤이 조금은 비굴한 목소리로 대꾸하며 자리를 떴다. 효주는 오밤이 떠난 자리를 차지하고 앉아 지호를 빤히 쳐다봤다.

"너 자전거 타고 학교 다녀?"

"응. 최근에 타기 시작했어."

"초등학생도 아니고 쪽팔리게 무슨 자전거를 타고 다녀?"

"그렇지 않아. 자전거 타면 기분도 좋고 건강에도 좋아."

"그래? 그럼 나도 태워 줘."

"뒤에 짐받이가 없어서 혼자밖에 못 타."

"헐, 존나 후진 자전거네."

"아냐, 좋은 자전거야."

"좋은 자전거면 나도 태울 수 있어야지. 그게 무슨 좋은 자전거야?"

"미안해, 나중에 꼭 태워 줄게."

"너 존나 웃긴다. 그게 뭐가 미안한데? 너 나랑 친하지도 않잖아."

효주는 제멋대로다. 그저 자기 생각만 툭툭 내뱉고 다른 사람의 입장은 신경도 쓰지 않는다. 지호는 빨리 수업 종이 울렸으면 좋겠다는 생각뿐이었다.

"아, 존나 재미없다. 역시 찌질해."

효주가 먼저 자리에서 일어났다. 그나마 오늘 효주의 기분이 좋아 보여서 별 탈 없이 넘어갈 수 있었다. 지호는 행여 효주가 다시 자기에게 관심을 보일까 봐 죽은 듯 고개를 숙인 채 교과서만 뒤적였다.

포데로사를 타고 학교에 다니기 시작한 후로 몇 가지 작은 문제가 생겼다. 첫 번째 문제는 날씨가 따뜻해지면서 땀이 나기 시작했다는 것이다. 하지만 어쩌랴, 왕성한 호르몬 활동으로 온갖 그윽한 체취를 내뿜는 열여섯 살 청춘인 것을! 지호가 포데로사를 타고 학교에 도착하면 책가방을 짊어진 등은 흥건히 젖어 있고, 겨드랑이에선 비릿하고 시큼한 땀 냄새가 진동했다. 그 냄새가 오죽했으면 오밤이 '용지의 암내로 화학 무기를 만든다면 세계 정복도 가능한 일'이라며 놀릴 정도였다. 또 다른 문제는 방과 후 동선이었다. 학교 수업이 끝나면 학원 버스를 타고 대치동까지 갔다가, 학원을 마친 후 다시 학교로 돌아와 포데로사를 타고 집으로 돌아가는 복잡한 과정을 거쳐야만 했다.

놀라운 땀 흡수와 빠른 건조, 쿨맥스 원단 사용!
비교 거부 노 마진 폭탄 세일! 무료 배송은 덤!

첫 번째 문제는 인터넷 쇼핑몰에서 자전거 전용 저지를 구매하는 것으로 해결했다. 수많은 저지들이 형형색색 요란한 색으로 지호를 유혹했고, 그중 붉은 바탕에 검은 용이 그려진 강렬한 디자인이 지호의 마음을 사로잡았다. 용씨는 역시 용 문신…… 아니 용무늬가 제격이다.

두 번째 문제를 해결하기 위해 지호는 일요일 아침 꿀 같은 늦

잠도 마다한 채 일찍 눈을 떴다. 포데로사를 타고 대치동 학원까지 가 보기로 한 것이다. 지난 며칠 동안, 포데로사는 이글거리는 눈빛으로 지호를 향해 줄기차게 말을 걸어왔다.

"이봐, 기껏 20여 분 거리나 오가려고 나와 친해진 거야? 날 우습게 보지 마. 난 네가 생각하는 것보다 훨씬 강하고 빠르다고. 나와 함께라면 세상 끝까지 달릴 수 있어!"

어쩌면 그것은 지호가 스스로에게 하는 말이었는지도 모른다. 자전거를 탄다는 것은 분명 차를 타는 것보다 느리고 피곤한 일이다. 누군가 왜 그런 쓸데없는 짓을 하느냐고 묻는다면, 그 이유를 일목요연하게 또박또박 설명할 수는 없을 것이다. 지호는 단지 지금보다 더 멀리, 더 오래 달리고 싶었다. 자전거 안장에 오르는 순간 느껴지는 두근거림, 그것 하나만으로도 이유는 충분했다.

이미 지난밤 인터넷 지도 검색을 통해 학원까지 가는 경로와 거리를 숙지해 두었다. 집에서 학원까지의 거리는 대략 16.5킬로미터. 걸어서도, 뛰어서도, 자전거를 타고도 지금껏 한 번도 가 본 적이 없는 거리였기 때문에 그 길이가 얼마나 긴지, 얼마나 힘든지조차 가늠할 수 없다.

지호는 만구천팔백 원이라는 거금을 들여 주문한 저지를 처음으로 입어 보았다. 전신 수영복처럼 몸에 착 달라붙어 조금 민망하기도 했지만, 입은 듯 안 입은 듯 가볍고 부드러웠다. 지호는 가장 편한 트레이닝 바지를 골라 입고, 저지의 허리춤에 달린 주머니에 프린트한 지도를 접어 넣었다. 찬물 한 병을 챙겨 배낭에 넣고 출발 시각을 확인하는 것도 잊지 않았다.

집에서 출발해 인덕원까지 가는 길은 평탄했다. 학의천 자전거 도로에서 인덕원역 사거리로 방향을 틀고, 다시 과천 방향으로 달리면 야트막한 인덕원 고개를 만날 수 있었다. 언덕을 넘을 때 조금 숨이 차올랐지만, 이 정도의 완만한 고개는 몇 번만 더 다녀 보면 쉽게 넘을 수 있을 것 같았다. 과천으로 들어서자 잠시 끊어졌던 자전거 전용 도로가 다시 길게 이어졌고 자전거 도로가 시작되는 곳엔 '지방 2급 하천 양재천'이라는 푯말이 서 있었다.

'여기서부터 양재천이 시작되는구나.'

포데로사를 타고 하천의 발원지를 달리다니, 이거 완전 멋있잖아! 지호는 어깨를 으쓱거리며 힘차게 페달을 밟았다.

한참을 달려도 강둑 너머 비닐하우스만 드문드문 머리를 내밀고 있을 뿐, 여기가 도시가 맞나 싶을 정도로 평화롭고 조용한 풍경이 이어졌다. 지호는 작은 굴다리 아래서 포데로사를 멈추고 잠시 한숨을 돌렸다. 어느새 배낭을 멘 등이 흠뻑 젖었고 코끝에도 송골송골 땀방울이 맺혔다. 손바닥이 저리고 엉덩이가 얼얼했다. 때마침 굴다리 사이로 에어컨 따위와는 비교도 되지 않을 만큼 시원하고 상쾌한 바람이 불어왔다. 지호는 물병을 꺼내 벌컥벌컥 목을 축였다. 물은 조금 미지근했지만 설탕을 탄 듯 달콤했다. 지호는 뻐근한 종아리를 매만지며 굴다리 아래를 오가는 자전거 몇 대를 유심히 관찰했다. 자전거에 탄 사람들은 하나같이 헬멧과 선글라스, 두건으로 얼굴을 가렸고 발레리노를 연상시키는 타이츠 바지를 입고 있었다.

헬멧, 선글라스, 두건, 장갑, 쫄쫄이 바ㅈ

지호는 추가로 구매해야 할 물품을 휴대전화에 메모했다. 쫄쫄이 바지는 도저히 입을 엄두가 나지 않아서 그만두었다.

'전부 다 살 수 있을까……?'

지호는 지금까지 모아 둔 용돈이 얼마인지 손가락을 꼽아 셈을 해 보았다. 가끔 오밤과 군것질한 걸 빼곤 거의 쓰지 않았으니 십만 원은 넘을 것이다.

짧은 휴식을 끝낸 지호는 포데로사를 타고 다시 속도를 냈다. 과천을 지나 양재동에 접어들면서부터 아파트와 높은 빌딩들이 하나둘씩 보이기 시작하더니, 하나로 이어졌던 길이 두 갈래로 갈라지고 두 갈래 길은 다시 자전거 도로와 보행자 도로로 분리되었다.

"영동5교, 영동5교."

지호는 대치동 방향으로 빠져나가는 다리를 못 보고 지나칠까 봐 혼잣말을 반복하며 주위를 살폈다. 다행히 다리마다 작은 표지판이 붙어 있어서 영동5교를 쉽게 찾을 수 있었다. 지호는 양재천 자전거 도로를 벗어난 지 얼마 되지 않아 대치동 학원 앞에 도착했다. 학원 간판이 이렇게 반가운 적은 처음이었다. 처음 와 본 길이라 조심조심 달렸는데도 50분밖에 걸리지 않았다. 버스를 타도 30분 이상 걸리는 거리인데, 자전거가 이렇게 빠른 줄은 몰랐다.

집으로 돌아온 지호는 저녁 식탁 앞에서 조심스럽게 말을 꺼냈다. 쉽게 허락할 거라곤 기대하지 않았지만, 엄마는 생각한 것 이상으로 설득하기가 어려웠다.

"학원 마치고 올 때는 한밤중이잖아. 어두워서 안 돼."

"가로등 있어서 괜찮아. 그리고 라이트도 달 거야. 뒤에도 깜빡거리는 안전등 달면 돼. 인터넷으로 찾아보니 오천 원이면 살 수 있어. 내 용돈으로 다 살게."

"돈 때문에 반대하는 게 아니잖아. 위험해서 그러는 거야."

"학원까지 가는 길이 거의 다 자전거 도로라서 위험하지도 않다니까. 그리고 학원 근처는 인도가 넓으니까 인도로만 다닐게."

"매일 통학하기엔 너무 먼 거리 같은데. 힘들지 않겠니?"

잠자코 듣고만 있던 아빠가 끼어들었다.

"그러지 않아도 오늘 학원까지 자전거 타고 갔다 와 봤어. 생각보다 가깝고 하나도 안 힘들었어."

난생 처음 달려 본 머나먼 여정에 어깨와 허리, 손바닥, 엉덩이, 다리, 안 아픈 곳이 없다. 하지만 지금은 그런 내색을 해선 안 돼!

"오늘 외출한 게 학원까지 자전거 타고 갔다 온 거야? 어이구, 우리 아들 정말 못 말리겠네."

"초딩 때도 매일같이 자전거 타고 놀았잖아. 중학생 되면서 큰 자전거도 없고 시간도 없고 해서 안 탔던 거지, 내 삶은 언제나 자전거와 함께였다고."

있는 말 없는 말, 지호의 인생론 설파에 아빠는 허허 웃음을 터뜨리고 말았다.

"하긴, 지호랑 지희 하체가 튼실하긴 하지. 그거 아니? 너희 엄마 중학교 때까지 육상부 선수였어. 도 대표로 전국소년체전까지 출전한 진짜 선수였다니까. 하하."

"그럴 줄 알았어. 내 허벅지 살 안 빠지는 거 다 엄마 때문이라니까!"

가만히 아빠의 말을 듣던 지희가 볼멘소리를 내뱉었다. 뜬금없는 지희의 불평에 아빠가 당황했다.

"아니지, 살과 근육은 다른 거야. 지희 너는 살이 찐 게 아니라 다리가 튼튼한 거고……."

"그게 하체 비만이지 뭐야? 벗어날 수 없는 유전자의 저주."

그나저나 엄마가 육상 선수였다니. 지호는 문득 깨달았다. 옷을 살 때 상의는 95사이즈도 넉넉하지만, 바지는 100사이즈를 선택해도 빠듯했던 이유를. 이제야 출생의 비밀이 밝혀지는 건가!

"갑자기 무슨 바람이 들어서 자전거를 타고 다니겠다고 하는지……."

엄마는 한숨을 쉬며 말을 흐렸다. 차라리 엄마한테 말을 하지 말 걸 그랬어. 후회가 밀려왔다.

다음 날 아침, 하늘도 무심하게 비가 내렸다. 지호가 시무룩한 표정으로 우유 속 시리얼을 깨작거리고 있을 때, 엄마가 말을 꺼냈다.

"두 가지 약속하면 자전거 타게 해 줄게. 무조건 다치지 않게 조심하기. 그리고, 성적 떨어지면 그날로 자전거 압수."

"왜 사사건건 조건을 달아? 그냥 좀 타면 안 돼?"

"버스에선 공부할 수도 있고 피곤하면 잘 수도 있잖아. 자전거 타고 공부할 수 있어? 자전거 타면서 잘 거야?"

"그걸 왜 엄마가 걱정해? 내가 공부하는 거지 엄마가 공부하는 게 아니잖아."

"내가 내 새끼 걱정도 못 해? 그리고 지금까지 너 스스로 계획 세워 공부한 적이 있어?"

"이제부터 하면 되잖아. 계획 세워서 공부한다고."

"네가 한 말에 책임질 수 있어?"

"책임지면 되잖아! 책임진다고!"

"너 분명히 말했어. 스스로 책임진다고."

지호는 머리끝까지 화가 부글부글 끓어올랐다. 컴퓨터 하면 공부 안 한다고 뭐라 그러지. 책상 앞에 앉으면 운동 안 해서 살찐다고 뭐라 그러지. 그래서 자전거 타겠다니까 위험하다고 또 안 된다지. '제발 날 존중해 줘!'라고 (속으로만) 외쳐 본다.

"아침부터 시끄럽고 참 좋네."

지희가 신발을 신으며 말했다.

"아침 안 먹고 가?"

"안 먹어. 다이어트 중이야."

"중2가 무슨 다이어트니? 우유라도 마시고 가."

"살쪄!"

지희는 신경질을 내며 현관문을 쿵 닫고 나가 버렸다. 지호도 마음 같아선 집 밖으로 뛰쳐나가고 싶었지만, 아침을 먹지 않으면 종일 배가 고프니 그럴 수는 없다. 빨리 밥을 다 먹고 이 지긋지긋한 잔소리로부터 탈출해야지.

지호는 오늘따라 더 무거운 책가방을 메고 터덜터덜 마을버스 정류장으로 향했다. 지호는 속상한 마음에 애꿎은 우산 손잡이를 빙빙 돌렸다. 지나가던 아주머니가 인상을 찌푸리며 지호를 나무랐다.

"얘, 물 튀잖아!"

"죄송합니다."

"요즘 애들은 왜 이렇게 하나같이 버릇이 없어?"

아줌마, 사과했잖아요. 일부러 물을 튀긴 것도 아닌데, 그렇게까지 말할 필요는 없잖아요. 지호는 꾹꾹 화를 누르며 긴 한숨을 쉬었다.

눅눅한 기분으로 교실에 들어서자마자 오밤이 지호를 반겼다.

"용지, 내가 재밌는 얘기 해 줄까?"

"자꾸 용지라고 하지 마."

"그냥 지호는 안 웃기잖아."

"내 이름이 왜 웃겨야 하는데?"

"너도 나처럼 특별한 이름이 필요해. 내가 생각해 놓은 게 몇 개 있는데 말해 줄까?"

"아니, 싫어. 말하지 마."

"용가리 어때? 크와아앙! 저는 용가리예요! 아니면 용파리도 괜찮아. 드래곤 플라이라는 영어 이름도 덤으로 생기는 장점이 있지. 용용죽도 있어. '용용 죽겠지'의 줄임말이야."

오밤의 말에 지호는 기가 막혀 헛웃음이 났다. 이건 웃겨서 웃는 게 아니야!

"조용히 해라."

담임 선생님이 아침 조회를 위해 교실로 들어왔다. 담임 선생님은 뭔가 기분 나쁜 일이 있으면 설교가 길어지는데, 오늘이 바로 그날이다.

"뽁뽁이 알지? 인터넷으로 물건 사면 택배 상자 안에 들어 있는 완충재 말이야. 너희들은 비싼 돈 주고 산 정품이 되고 싶어, 아니면 뽁뽁이가 되고 싶어? 당연히 정품이 되고 싶겠지. 그러려면 뭘 해야 해? 공부를 해야지. 지금은 중3이라고 뺀질뺀질 놀다가 고등학교 가서 공부 시작하면 너나없이 스카이 갈 것 같지? 스님 샴푸 고르는 소리 하고 있네. 스카이 갈 애들은 벌써 너희들 머리 꼭대기에서 날아다니고 있어. 정신 똑바로 차려. 뽁뽁이가 뭐야? 깨지지 말라고 상품을 꽁꽁 싸매고 보호하는 거야. 이렇게 말하면 뽁뽁이도 나름대로 중요한 역할을 하는 게 아니냐고 반문하는 애들이 꼭 있어. 하지만 그 역할을 다하면 어떻게 돼? 그냥 버려지는 거야. 그런 일회용 인생을 살고 싶어? 그럼 지금처럼 아무 생각 없이 그냥 편하게 놀아. 내가 너희 인생 대신 살 것도 아니니까."

담임 선생님의 목소리가 높아졌다. 아마도 얼마 전 영어, 수학 우등반 편성에서 선발된 학생의 숫자가 다른 반에 비해 상대적으로 적었기 때문일 것이다.

"앞으로의 4년이 너희 남은 인생을 좌우한다는 사실을 잊지 마라."

지루한 조회 시간이 끝나고 지호가 가장 좋아하는 국어 시간이 되었다. (국어를 좋아하는 이유가 국어 선생님이 예뻐서는 절대 아니다. 이미 결혼도 했고 몇 달 후면 아기가 태어날 예정이기 때문에, 이루어질 수 없는……. 대체 무슨 말을 하는 거냐!) 국어 선생님은 아이들이 짓궂은 장난을 칠 때도, 쓸데없는 농담을 할 때도 항상 웃어 주고 아이들의 말을 들어 주었다. 국어 선생님은 지호뿐만 아니라 다른 아이들에게도 인기가 많았기 때문에, 지호가 국어 선생님과 단둘이 이야기를 나눌 기회는 없었다. 상담을 하는 길은 크게 두 가지인데, 하나는 국어 성적을 바닥까지 떨어뜨려서 성적 상담을 받는 것과 또 하나는 큰 말썽을 부려 학생부 담당인 국어 선생님과 개인 상담을 하는 것이었다. 전자를 택하면 엄마에게 받을 타격이 너무 크고, 후자를 택하자니 그럴 만한 배짱이 없다.

쓸데없는 공상으로 수업이 끝나 갈 무렵, 국어 선생님이 시집 한 권을 펼쳤다.

"최근에 읽은 시인데, 너희에게 들려주고 싶어서 가져왔어. 들어 봐."

(…)

내 인생의 시간은 오후 세시에서 다섯시 사이에 와 있다 내 생의 열두시에서 한시 사이는 치열하였으나 그 뒤편은 벌레 먹은 자국이 많았다

이미 나는 중심의 시간에서 멀어져 있지만 어두워지기 전까지 아직 몇시간이 남아 있다는 것이 고맙고, 해가 다 저물기 전 구름을 물들이는 찬란한 노을과 황홀을 한번은 허락하시리라는 생각만으로도 기쁘다

(…)

아직도 내게는 몇시간이 남아 있다

지금은 세시에서 다섯시 사이*

"시인 자신의 인생을 하루의 시간에 비유한 건가요?"

"오, 역시 반장이야."

반장의 예리한 해석에 아이들이 맞장구를 쳤다. 그런 의미심장한 뜻을 담고 있다니! 지호는 반장의 말을 듣고서야 시의 의미를 어렴풋이 이해할 수 있었다. 국어 선생님이 시집을 덮고 아이들에게 말했다.

"너희는 지금 몇 시를 지나고 있니?"

"오전 아홉 시요. 이제부터 열심히 공부해야 하는 시간이잖아요."

"저는 점심시간요. 항상 배고파요."

"밤 열두 시요. 전 이미 인생 종 쳤어요."

아이들은 저마다 의견을 말하며 까르르 웃고 떠들었다. 아이

* 도종환, 「세시에서 다섯시 사이」, 『세시에서 다섯시 사이』, 창비

들처럼 말하진 못했지만, 지호도 자신의 시간을 생각해 보았다.

혼자서는 아무것도 하지 못하는 아이 취급을 받기도 하고, 나이를 먹었으니 어른스럽게 굴라는 말을 듣기도 하고. 시키는 대로 하면, '스스로 못 하니?' 스스로 결정하면, '왜 멋대로 하니?' 하고.

지호는 자신이 어두운 밤도 아니고 밝은 아침이라고 하기도 뭐한, 새벽 네 시에서 다섯 시 사이를 지나고 있다는 생각이 들었다. 지호는 턱을 괴고 물끄러미 창밖을 내다봤다. 비가 조금씩 그쳐 가고 있었다.

RACE 3

러닝 하이*

풋볼매니저에서 팀을 우승시키거나 스타크래프트에서 병력을 증강하려면 막대한 자금이 필요하다. 게임에서는 치트 키를 써서 자금을 늘리는 꼼수를 부릴 수 있지만, 현실엔 치트 키가 없다. 자전거 용품을 사는 데 필요한 자금은 지호의 용돈에서 야금야금 빠져나갔다. 오밤이 추천한 사관절 자물쇠도 구매했고, 사계절 사용이 가능하다는 장갑과 안전 인증을 받은 헬멧도 장만했다. 양재천 곳곳에 잠복해 있다가 갑작스레 튀어나오는 살진 비둘기들과 인간 보행자들(이들은 심지어 뒤로 걷기까지

*자전거를 타고 달리기 시작한 지 10분에서 20분이 지나면 땀이 흐르고 몸에서 열이 나기 시작한다. 초반의 육체적 고통을 넘어서는 순간 뇌에서 엔도르핀이 다량 분비되면서 정신이 맑아지고 절정의 쾌감에 이르는 것을 뜻한다.

한다!)로부터 안전을 지키기 위해서는 꼭 필요한 것들이었다.

선글라스와 두건은 거추장스럽고 괜히 멋만 부리는 것 같아서 구매를 망설였지만, 날씨가 따뜻해지고 날벌레들이 얼굴로 날아들기 시작하면서 마음이 바뀌었다. 지호가 콧구멍으로 흡입한 날벌레만 해도 수십 마리가 넘고, 멍하니 입을 벌리고 달린다면 잠자리와 나비까지도 먹어 치울 수 있을 것 같았다.

지호는 99퍼센트 자외선을 차단한다는 노란색 렌즈의 주야간 겸용 선글라스에 이어 인터넷으로 두건을 검색했다. 마스크처럼 얼굴 전체를 가릴 수 있고 모자처럼 쓸 수도 있는 다용도 두건의 이름은 '버프'였다. 지호는 흰 바탕에 검은 용이 그려진 버프가 마음에 들었다. 패션의 완성은 '깔 맞춤' 아니던가!

힘차게 페달을 밟을 때마다 저지와 두건에 새겨진 검은 용 두 마리가 씰룩쌜룩 춤을 추었다. 그럴 때마다 지호는 마치 자신이 한 마리 용이 되어 하늘로 날아오르는 것만 같았다.

자전거를 타면 학원 버스를 탈 때처럼 기다릴 필요가 없었다. 지호가 포데로사의 안장에 앉는 순간이 출발의 신호다. 덕분에 학원 강의가 시작되기 전까지 30분가량의 여유를 가질 수 있었다. 처음엔 빈 강의실에서 공부를 해 보기도 했지만, 그리 오래 가진 못했다. 지호는 학원 앞 서점에 가서 자전거 정비 테크닉이나 유명 인사의 자전거 여행담을 다룬 책을 뒤적거렸다. 자전거 용품을 사느라 애지중지 모아 온 용돈 대부분을 써 버렸기 때문에, 책을 사는 것은 불가능했다.

지호는 서점 한구석에 쪼그려 앉아 흥미진진한 자전거 이야기 속으로 빠져들었다. 변속기, 체인, 크랭크, 브레이크, 서스펜션……. 자전거를 구성하는 수백 개의 부품은 저마다 이름을 가지고 제 기능을 다하고 있었다. 지호는 프라모델을 조립하고 라디오를 분해하던 어린 시절로 돌아간 기분이었다.

"그 정성으로 공부를 하면 전국 1등 하겠네."

엄마의 목소리가 환청처럼 들려왔다.

중간고사가 다가왔다. 성적이 조금이라도 떨어진다면 자전거를 탈 수 없을 것이라는 생각에 마음이 무거웠다. 여느 날처럼 학교 수업을 마친 지호는 포데로사를 타고 양재천을 달렸다. 특별히 날이 덥지도 않고 맞바람이 부는 것도 아닌데, 오늘따라 포데로사의 페달이 무겁고 평소와는 다른 느낌이었다. 중간고사 걱정 때문일까?

"포데로사, 힘을 내!"

절친이라기엔 아직 서먹한 감도 있지만, 지호는 포데로사와 몇 마디 짧은 대화를 나누는 사이로 발전했다. 그때 하늘에서 끼루룩, 끼루룩 소리가 들렸다. 지호가 포데로사를 멈추고 고개를 들자 발갛게 물든 저녁 하늘 위로 새들이 무리지어 날갯짓하고 있었다.

'비둘기들인가?'

아니다. 양재천 비둘기는 저렇게 우아한 모습으로 하늘 높이 날지 않는다.

"신기하네. 서울에선 저런 새들 보기 어려운데."

어깨 너머로 불쑥 튀어나온 목소리에 지호가 깜짝 놀라 고개를 돌렸다. 검은 티셔츠와 검은 반바지, 검은 헬멧과 검은 자전거, 크고 작은 흉터로 가득한 검은 팔뚝에 얼굴마저 검붉은 빛을 띤 시꺼먼 형이 지호 뒤에 서 있었다.

"드래곤인가?"

"아뇨, 새들인데요."

"아니 저 녀석들 말고 너 말이야. 무슨 조폭도 아니고 온몸이 용 문신이야. 하하하."

시꺼먼 형이 호탕하게 웃음을 터뜨리자, 지호는 무안해서 시꺼먼 형이 탄 자전거로 시선을 돌렸다. 시꺼먼 형의 자전거는 아이들이 타는 자전거처럼 프레임도 작고 바퀴도 작았지만, 타이어만은 포데로사보다 세 배 정도 두꺼워 보였다. 게다가 브레이크도 없고 기어도 없는 게 영락없는 아이들 자전거였다. 강인해 보이는 검은색 프레임에는 'Bicycling against oil wars'라는 흰색 글자가 선명하게 쓰여 있었다.

"동생 자전거인가요?"

"재밌는 녀석이네. 이건 BMX라고 하는 프리스타일 자전거야."

지호는 프리스타일이라는 말에 세이 예에, 힙합이 떠올랐다. 그러고 보니 시꺼먼 형의 차림새도 왠지 힙합 뮤지션처럼 헐렁해 보였다. 지호는 '랩퍼신가요?'라고 물어볼까 하다가 더 웃긴 놈이 될 것 같아서 입을 다물었다. 가만히 있으면 중간은 가는 거다.

"쉽게 말하자면 묘기를 부리는 자전거야."

"묘기요?"

"뭐라고 해야 하나. 하늘을 나는 자전거라고 생각하면 돼."

지호는 언젠가 텔레비전에서 본 자전거 경기가 생각났다. 스노보드나 인라인스케이트를 타고 묘기를 부리는 것과 비슷한 거구나. 아까부터 시꺼먼 형의 팔뚝에 있는 흉터들이 자꾸 신경 쓰였는데, 싸움을 해서 생긴 건 아니겠구나. 휴, 다행이다. 일진이나 조폭, 그런 건 아닌가 보다.

"자전거에 쓰여 있는 영어는 무슨 뜻이에요?"

"아, 이거? 해석해 봐."

"어어, 자전거, 대항하여, 기름, 전쟁……."

"자전거 타기는 석유 전쟁에 반대한다는 뜻이야. 부시가 왜 이라크전쟁을 일으켰는지 알아? 대량 살상 무기 색출? 세계 평화 유지? 그런 건 다 새빨간 거짓말이지. 이라크에 묻혀 있는 석유가 탐났거든. 석유는 자동차를 움직이는 연료지만 자전거에는 연료가 필요 없지. 내 심장과 두 다리가 엔진이고 기름이니까. 그래서 모든 사람이 자전거를 타면 석유가 필요 없는 세상이 될 테니 자연스럽게 전쟁도 사라지게 되겠지."

멋지다. 자전거가 전쟁을 멈출 수 있다니.

"덥지 않으세요?"

"이 옷? 취향입니다. 존중해 주시죠."

"검은색이 빛을 흡수하잖아요. 여름엔 입기 어렵겠어요."

"그래서 날씨가 더우면 검정 빤쓰만 입고 자전거를 타지."

"정말요?"

"푸핫! 설마 정말 그러겠어?"

시꺼먼 형이 지호의 말에 웃음을 터뜨렸다. 원래 웃음이 많은 사람인가 보다. 지호는 시꺼먼 형의 웃음에 조금 적응이 됐다.

"너 몇 살이니?"

"열여섯 살인데요."

"중학생?"

"네, 중3이요. 형은요?"

"열아홉."

"고3?"

"음, 학교는 안 다녀. 그만뒀어."

"아, 죄송해요."

"뭐가 죄송해. 너 때문에 안 다니는 것도 아닌데."

"제가 실례를 한 것 같아서요."

"너, 요즘 보기 드물다는 바로 그 예의 바른 청소년이구나? 하하하."

검은 형이 또 화통하게 웃었다. 예의 바른 청소년이라니. 자기도 청소년이면서!

"여기 자주 오니?"

"학원 다니느라 매일 와요."

"그래? 난 지금 잠실에 있는 BMX 연습장 가는 길이야. 나중에 또 보자."

시꺼먼 형은 지호 주위에 웃음 몇 사발을 쏟아 놓은 채 쏜살같이 내달렸다. 지호는 머쓱한 마음에 다시 하늘을 올려다봤지만 이미 새들은 높은 빌딩들 사이로 사라지고 없었다.

자전거를 타고 신 나게 달려도 출발지와 도착지는 정해져 있다. 항상 집에서 학교, 학교에서 학원, 학원에서 다시 집으로 돌아오는 똑같은 하루하루……. 새들처럼 어디든지 자유롭게 날아갈 수 있으면 좋겠다.

학원을 마치고 집으로 돌아오는 길, 자전거의 무게는 천근만근 무거웠다. 학원으로 갈 때도 힘들었지만 지금은 그 이상이다. 집까지 가려면 아직 한참 남았는데……. 지호는 낑낑거리며 페달을 밟았다.

"드래곤!"

어디선가 낯선 목소리가 들려왔다. 아니, 약간 익숙한 것 같기도 하다.

"드래곤! 이제 집에 가는 거야?"

지호는 뒤를 돌아봤지만 아무도 없었다. 환청이 들리다니. 체력이 한계점에 도달한 것일까?

"드래곤, 여기야, 여기!"

목소리가 커지자 지호는 그제야 건너편 자전거 도로에서 자신과 나란히 달리고 있는 사람을 발견했다. 시꺼먼 형이었다. 자전거 라이트가 없었다면 어둠과 혼연일체가 된 시꺼먼 형을 발견하지 못했을 것이다.

"드래곤, 승부다!"

시꺼먼 형이 지호를 향해 큰 소리로 외쳤다. 여기서 드래곤이라 함은 분명히 나를 말하는 거겠지. 지호는 시꺼먼 형의 뜬금없는 승부 제안에 어이가 없었다. 경주를 하고 싶은 마음도 아주 약간 있었지만, 지금은 달리는 것 자체가 힘이 들었다. 그런 지호의 사정에도 아랑곳하지 않고 시꺼먼 형은 자기 맘대로 원, 투, 스리를 외치며 저만치 앞으로 달려 나갔다. 뭐가 저렇게 신나고 힘이 넘칠까. 시꺼먼 형이 앞서 달리는 걸 보자 지호도 불끈 호랑이 힘이 솟아올랐다. 지호는 있는 힘껏 페달을 밟아 속도를 냈다. 점점 거리를 좁혀 시꺼먼 형을 막 따라잡으려는 순간, 갑자기 포데로사의 바퀴가 땅속으로 꺼지는 것처럼 푹 주저앉았다. 지호는 중심을 잃고 자전거 도로를 이탈했다.

"으아아악!"

지호의 비명과 함께 포데로사의 바퀴가 양재천으로 풍덩 빠져 버렸다. 최근 봄 가뭄으로 양재천의 수심이 얕아진 게 불행 중 다행이었다. 지호는 포데로사와 함께 완전히 곤두박질치지 않기 위해 핸들을 좌우로 비틀며 세차게 페달을 밟았다. 포데로사는 수륙양용 전차처럼 물 위를 달리기 시작했다.

"하하하, 멋있다! 물을 가르며 달리고 있잖아! 모세의 기적 같아!"

시꺼먼 형이 핸들을 놓고 달리며 손뼉을 쳤다. 두 갈래 양재천 자전거길이 하나로 합쳐지는 지점에 도착해서야 지호는 물길에서 탈출할 수 있었다.

"마실래?"

시꺼먼 형이 건넨 물 한 모금은 등에 흐른 땀이 쩍 얼어붙을 정도로 시원했다. 여름이 되면 보온병도 필요하겠구나. 가진 돈은 점점 줄어드는데 사야 할 것들은 늘어나고 있다.

"잠깐 자전거 좀 볼까?"

시꺼먼 형이 포데로사의 바퀴를 잠시 주물럭거리더니, 배낭에서 휴대용 펌프와 공구를 꺼냈다.

"뒷바퀴에 펑크가 난 것 같은데? 일단 바람을 넣어 보자."

시꺼먼 형은 포데로사에 몇 번 펌프질을 하더니 바로 뒷바퀴를 자전거에서 뚝 떼어 냈다.

"어억! 포데로사!"

포데로사의 뒷바퀴가 분해되자 지호는 깜짝 놀라 외마디 비명을 질렀다.

"걱정 마. 망가뜨린 거 아니니까. 근데 포데, 뭐라고 한 거야?"

"아무것도 아니에요."

"너, 그거 자전거 이름이지?"

지호는 얼굴이 벌겋게 달아올랐다. 유치하다고 놀림을 받아도 이젠 어쩔 수 없다.

"하하, 맞구나? 이름이 뭐라고? 포대자루?"

"포데로사요."

"포데로사?"

"체 게바라라는 사람이 탔던 모터사이클 이름이에요."

"오오, 체 게바라가 누군지 알아?"

"누군지는 잘 모르는데요. 인터넷에서 검색하다가 봤어요."

"멋지다, 포데로사! 무슨 뜻이야?"

"힘센 녀석이라는 라틴어래요."

"힘센 녀석! 근데 녀석이 오늘은 힘이 다 빠졌네. 하하하."

시꺼먼 형은 작은 주걱 두 개로 타이어 틈을 벌리더니 손쉽게 타이어 속에서 튜브를 꺼냈다. 지호는 조각조각 분해되는 포데로사를 보면서 안절부절 속이 탔다. 시꺼먼 형은 튜브를 얼굴에 가까이 대고 바람이 새는 곳을 찾았다. 그런 후엔 사포로 펑크가 난 부위를 쓱싹쓱싹 문지른 후 접착제를 바르고, 동그란 고무 스티커를 붙이고, 다시 뚝딱뚝딱 튜브를 타이어 속에 넣고 바람을 채워 넣었다. 펑크를 수리하는 데 처음부터 끝까지 고작 10분 정도 걸렸을까? 능숙한 손놀림이었다.

"펑크가 난 걸 어떻게 아셨어요?"

"페달은 열심히 밟는 것 같은데 속도가 영 안 나는 거야. 그럼 십중팔구 바퀴에 바람이 빠졌단 얘기지. 게을러서 바람을 안 넣었거나, 아니면 펑크가 났거나."

"제가 지금은 돈이 없는데 다음에 꼭 수리비 드릴게요."

"됐고, 나중에 아이스크림이나 하나 사 줘."

"아이스크림도 사 드릴게요."

"펑크 패치 서른 개가 삼천 원이니까 하나에 백 원꼴이잖아. 그럼 아이스크림만 먹어도 남는 장사야. 하하."

"그래도 자전거 가게 가면 만 원은 받잖아요. 오천 원이라도 드릴게요."

"나중에 오천 원짜리 아이스크림 한 통 같이 먹자. 그럼 됐지?"

"네, 그래요 그럼. 근데 저 혹시, 연습 구경 가도 되나요?"

"당연하지. 언제든지 대환영이야. 낮엔 알바 뛰니까 밤이나 주말에 오도록 해."

"오늘 정말 감사했습니다."

시꺼먼 형은 엄지손가락을 들어 보이고 BMX를 타고 멀어져 갔다. 지호가 자전거에 올라 페달을 밟자, 슈웅! 시꺼먼 형의 손길에 다시 힘을 되찾은 포데로사가 힘차게 움직이기 시작했다. 바람이 가득 들어찬 탱탱한 바퀴는 우레탄 도로를 미끄러지듯 내달렸다.

오늘 자전거 타기가 힘들었던 이유는 중간고사 걱정 때문도, 체력의 한계 때문도 아니었다. 그저 펑크가 났던 거였다. 빠른 속도로 한참을 달리자 지호의 이마에 땀방울이 맺혔다. 쌕쌕 가쁜 숨소리가 저절로 새어 나왔고 조금 전까지 무겁고 피곤했던 몸이 한층 가벼워졌다. 시원한 밤공기가 열이 오른 지호의 뺨을 부드럽게 어루만져 주었다.

'자전거를 타니 정말 기분이 좋다.'

지호는 부지런히 집으로 돌아와 책상 앞 벽에 큼지막한 글씨로 '자전거 운동의 효과'라고 쓴 종이 한 장을 붙였다. 심장과 폐, 순환기 기능 향상, 하체 근력 발달, 면역력 강화, 골격과 근육 발달! 이 정도면 자전거가 거의 만병통치약 수준이다. 물론 이것은 지호의 근황을 염탐하기 위해 청소하는 척 방에 들어오는 엄마를 교란하기 위한 함정 카드다. 지호는 이면지 한 장을 꺼내 '중간고사 필승! 나는 할 수 있다.'라고 크게 적어서 함정 카드 옆에 붙였다. 이 또한 엄마에게 알릴 필요가 있다.

지호는 취침 전 두 시간 동안 학원 공부를 열심히 보충하고 학원에서 내 준 깜지 숙제까지 마쳤다. 비록 학원에서 조금 딴생각을 했지만, 처음으로 온전히 자신의 하루를 책임진 듯한 느낌이 들었다.

잠이 들기 전, 지호는 침대에 누워 중간고사가 끝나는 날 양재천 끝까지 달려 보기로 마음먹었다. 양재천 끝까지 가면 탄천과 합류할 것이고, 조금 더 달리면 한강을 만날 수 있을 것이다. 지호는 두근거리는 마음을 달래며 곤히 잠에 빠져들었다.

그날 밤 지호는 꿈을 꾸었다. 꿈속에서 지호는 포데로사를 타고 양재천을 달리고 있었다. 그때 나타난 검은 용 한 마리가 지호를 따라 양재천을 헤엄쳤다. 하지만 그 녀석은 용이라고 부르기엔 너무 작고, 날지도 못하는 미꾸라지 같았다. 위엄 있는 눈매, 자비로운 수염, 철갑같이 억센 비늘, 그 어느 하나 갖추지 못한 보잘것없는 미꾸라지.

"드래곤……."

잠꼬대를 하듯 중얼거리는 지호의 입가에 씨익 웃음이 흘러내렸다.

RACE 4
치킨 레이스*

자전거를 타기 시작한 지 한 달이 지났다. 처음에는 학교에서 학원까지 50분이 넘게 걸렸지만, 지금은 무려 10분이나 단축되었다. 학원에서 집으로 돌아왔을 때 후들거리던 다리도 이젠 멀쩡하고 종아리와 허벅지는 더 단단해졌다. 버스를 타고 다닐 때보다 몸이 피곤하지도 않았고 집에 돌아와서 샤워를 하고 나면 정신이 더 또렷해졌다. 이것이 말로만 듣던 '건강한 육체에 건강한 정신이 깃든다'는 것인가!

육체와 정신의 상관관계 따윈 아무래도 좋다. 중요한 것은 중

*브레이크 없는 자동차 두 대가 낭떠러지를 향해 질주한다. 추락 직전 더 늦게 자동차에서 뛰어내리는 사람이 게임의 승자가 된다. 영화 〈이유 없는 반항〉에서 제임스 딘이 보여 주었던 목적도 의미도 없는 얼간이들의 무모한 질주, 이 게임의 이름은 **치킨 레이스**(Chicken race)다.

간고사 성적이 올랐다는 사실이다. 특히 수학은 난이도가 쉽게 출제되기도 했지만, 집중적으로 공부했던 단원에서 많은 문제가 나온 덕분에 중학교에 입학한 후 처음으로 100점을 받았다. 전교 석차도 난생처음으로 70등 안에 들었다. 성적표를 받아 든 엄마의 흡족한 얼굴을 보며, 중간고사라는 오르막길을 무사히 넘은 지호는 이제 마음껏 자전거를 타고 내리막길을 달릴 수 있겠다는 생각이 들었다. 지호는 두근거리는 마음을 진정시키며 토요일을 기다렸다. 한강까지 달리는 김에 시꺼먼 형이 BMX 자전거로 묘기 연습을 하고 있을 잠실 연습장도 들러 보기로 했다.

토요일 아침의 하늘은 드문드문 구름이 햇빛을 가려 주고 시원한 산들바람이 불어 자전거를 타기에 더없이 좋아 보였다. 지호는 아침 일찍 일어나 주섬주섬 옷부터 챙겨 입었다. 어젯밤 집에 오자마자 빨아 넌 용무늬 저지는 뽀송뽀송하게 말라 있었다. 엄마가 만들어 준 달걀 샌드위치와 우유를 맛있게 먹은 후, 지호는 포데로사를 점검했다. 한강까지는 제법 먼 거리라서 자전거에 이상이 있으면 큰일이다.

"점심은 어떡하니?"

"한강에 매점 많으니까 거기서 컵라면 같은 거 사 먹지 뭐."

"컵라면으로 되겠어? 돈 줄 테니까 도시락이라도 사 먹어."

엄마가 세종대왕님 한 분을 건네자 지호는 깜짝 놀랐다. 이것은 한 달 용돈 절반에 가까운 값어치의 지폐가 아닌가!

"이번 달 용돈이야?"

"우리 아들 중간고사 잘 봤다고 엄마 아빠가 주는 특별 격려금이야."

행복은 성적순이 아니라는 말이 있지만, 지호는 오늘 진실을 알게 되었다. 행복은 성적순이 확실하다. 지금껏 행복할 만큼 좋은 성적을 받아 본 적이 없었기 때문에 그 사실을 모르고 있었던 것뿐이다.

"갔다 올게!"

"차 조심해. 자전거 탈 땐 꼭 앞만 보고, 두리번거리지 말고……."

행여나 엄마가 변심하기 전에 빨리 튀자. 지호는 세종대왕님을 모시고 빛의 속도로 집을 나섰다.

아침 공기는 싱싱하고 들떠 있었다. 길가 풀섶의 아침 이슬이 바짓가랑이를 간간이 적셨다. 매일같이 지나는 길이었지만 눈여겨보니 왠지 새로운 느낌이 들었다.

'세상에 똑같은 것은 없구나!'

매일 달리는 길, 매일 지나는 개천, 매일 보는 나무와 풀……. 모든 것들이 어제와 다르게 조금씩 자라고 또 조금씩 시들어 간다. 모든 것이 똑같은 듯 보여도 사실은 매일매일 새롭게 변하고 있다는 생각을 하며, 지호는 자신이 길 위의 구도자나 된 것처럼 어깨를 으쓱했다.

학의천을 지나 인덕원 고개를 넘고, 양재천을 따라 영동5교까지는 평소와 같다. 그러나 오늘의 목적지는 학원이 아닌 한강이다. 옆으로 빠지지 않고 양재천을 따라 계속 직진해서 처음 달리는 길로 접어들었다. 지호의 가슴이 두근두근 뛰었다.

영동5교를 지나자마자 곧바로 탄천을 만났다. 다시 한강 방향으로 달리기 시작한 지 5분도 지나지 않아 지호 앞에 넓디넓은 한강이 모습을 드러냈다. 이렇게 가까웠다니! 생각보다 빨리 한강을 만난 지호는 반갑고 설레기보다는 허탈한 기분이 들었다.

한강은 정말 넓었다. 버스나 지하철을 타고 지나칠 때는 미처 몰랐던 웅장함이 느껴졌다. 지호는 휴대전화를 꺼내 시간을 확인했다. 아직 오전 열 시도 되지 않은 이른 시간이다. 일단 지호는 잠실 운동장 쪽으로 핸들을 돌렸다.

BMX 연습장은 잠실 종합운동장과 실내체육관 사이에 푯말 하나 없이 조그맣게 자리 잡고 있었다. 연습장에는 머리를 빨갛게 염색한 형, 굵은 팔뚝에 문신을 한 형, 유행이 한참 지난 헐렁한 티셔츠에 힙합 바지를 입은 형까지 특이하고 무시무시한 사람들이 자전거로 온갖 묘기를 부리고 있었다.

"왔구나, 드래곤!"

시꺼먼 형이 지호를 반겼다.

"잠깐 앉아서 구경하고 있어. 지금 고난도 기술 시전 중이라서."

지호는 시꺼먼 형이 던져 준 음료수 페트병을 가슴에 품고 벤치에 앉았다. 구르고 넘어지고 화를 내고, 또 구르고 넘어지고 하하하 웃고……. 텔레비전에서 보았던 것처럼 멋진 장면은 아니었다.

"잠깐 쉬자."

휴식 시간이 되자 시꺼먼 형과 무시무시한 친구들이 지호에게(정확하게 말하자면 음료수가 있는 벤치 주위로) 몰려들었다. 시꺼먼 형이 지호 옆에 털썩 주저앉아 음료수를 벌컥벌컥 들이켜고는 물었다.

"고래 한 마리를 다 먹는 법 알아?"

"고래요? 모르겠어요. 냉장고에 넣어 놓고 먹나요?"

"고래를 삼천 조각으로 나누어 매일 한 조각씩 삼천 일 동안 먹는 거야. BMX도 고래 한 마리를 먹는 것과 같아. 매일 연습하고 또 연습하는 거지. 아, 물론 실제로 고래를 잡아먹진 않아. 고래잡이는 불법이거든. 하하."

시꺼먼 형이 벌떡 일어나더니 BMX 자전거를 타고 페달을 밟았다. 자전거는 천천히 전진을 하나 싶더니, 갑자기 앞바퀴를 번쩍 들어 올린 채 뒷바퀴로만 달리기 시작했다.

"윌리."

시꺼먼 형은 조금 속도를 내더니 드래곤 앞에서 껑충 점프하며 순식간에 진행 방향을 반대로 바꿨다.

"이건 버니 홉."

"멋있어요!"

"기본 중의 기본 기술이야. 한번 해 볼래?"

"어휴, 전 못 해요. 그냥 보통 자전거만 탈래요."

"보통 자전거라는 건 없어. 세상의 모든 자전거는 다 특별해. 자, 특별한 기술을 보여 주지."

시꺼먼 형이 갑자기 속도를 올려 점프대 위로 뛰어올랐다. 공중으로 솟아오른 BMX가 앞바퀴를 축으로 360도 회전을 하는 멋진 기술이었다.

"악!"

공중 동작까진 좋았는데, 착지를 하는 순간 시꺼먼 형이 균형을 잃고 자전거와 함께 나뒹굴었다. 지호는 깜짝 놀라 자리에서 벌떡 일어났다.

"괜찮으세요?"

"이건 360 테일윕. 요즘 집중적으로 연습하는 기술이야. 오늘도 실패! 하하."

시꺼먼 형이 호탕하게 웃었다. 아무리 그래도 시멘트 바닥에 나뒹굴었는데, 아프지 않을까?

지호는 시꺼먼 형과 이런저런 농담을 나누다 연습을 재개하는 형에게 작별을 고하고 자전거에 올랐다. 아직 열한 시, 생각보다 이른 시간이다. 지호는 한강과 탄천이 만나는 다리 위에 자전거를 멈추고 지도를 펼쳤다. 원래 계획은 열두 시까지 한강에 도착해 시꺼먼 형을 만나 BMX 연습을 구경한 뒤에 흐르는 강물처럼 유유자적 점심을 때우고, 왔던 길로 되돌아가는 것이었다. 점심을 먹기엔 어중간한 시간이고 그렇다고 그냥 집으로 돌아가기엔 너무 허무하다.

한강을 따라 어디까지 달릴 수 있을까? 잠실 방향으로 가면 암사동, 미사리, 팔당댐……. 이건 뭔가 돌아올 수 없는 강을 건너는 것 같으니 패스. 반대편 방향으로 가면 동작, 여의도, 목동, 안양천……. 음, 안양천? 안양천이면 내가 사는 동네인데. 하지만 프린트한 지도에는 안양천 입구까지만 표시되어 있을 뿐, 그 이후의 길은 지도 범위 밖이었다. 길도 모르고, 거리도 얼마나 되는지 모른다. 게다가 안양천에 자전거 도로가 있는지조차 모르잖아! 머리가 복잡해진 지호는 일단 점심을 먹을 때까지는 한강을 따라 달리기로 했다.

한강 자전거 도로는 양재천보다 두세 배는 넓었다. 자전거 전용 도로와 보행자 통행로도 분리되어 있어서 훨씬 빠르고 안전하게 달릴 수 있었다. 두 사람이 함께 타는 탠덤 자전거, 누워서 타는 리컴번트 바이크, 페달을 밟지 않고도 쌩쌩 내달리는 전기 자전거까지……. 오고 가는 라이더들의 모습도 다양하고 화려했다.

평소보다 더 길고 낯선 길을 달리느라 긴장한 탓인지 손바닥이 저리고 어깨가 아팠지만, 기분만은 그 어느 때보다 상쾌하고 평온했다. 땀에 젖은 지호의 가슴에 한강의 센 바람이 한가득 안겨 왔다.

쉬엄쉬엄 여의도 한강공원에 도착하니 배가 고프기 시작했다. 지호는 엄마가 준 돈으로 이동식 편의점에서 불고기 도시락과 컵라면 한 개, 음료수를 산 뒤 공원 벤치에 자리를 잡고 앉아 컵라면이 다 익기를 두 손 모아 기다렸다.

지호는 묘한 기분을 느꼈다. 지금껏 한 번도 혼자서 무언가를 먹어 본 적이 없다. 학교 매점에서는 항상 오밤과 함께였고, 편의점이나 패스트푸드점에서 저녁을 때울 때도 그럭저럭 아는 학원 친구들과 함께였다. 집에 있을 때조차 혼자 무언가를 먹는다는 사실이 귀찮고 처량해서 냉장고 문을 닫아 버리곤 했다. 그랬던 자신이 지금 수많은 사람들이 오가는 한강공원 벤치에 떡하니 홀로 앉아(그것도 매너 없는 쩍벌남 자세로) 요란한 만찬을 펼치고 있다니. 지호는 벤치 옆에 서 있는 포데로사를 바라보았다. 그래, 너였구나. 왜 어색하지도 부끄럽지도 않은지 이제야 알겠어. 포데로사와 함께 있기 때문이야!

후루룩후루룩 우걱우걱, 음식물 흡입을 마친 지호는 한숨을 돌리고 다시 지도를 펼쳤다. 안양천까지 가면 집으로 가는 길이 나올 것 같기도 하지만, 만에 하나 자전거길이 없다면 낭패다.

이럴 때 스마트폰이 있다면 지도 검색을 자세히 할 수 있을 텐데. 지호의 휴대전화는 인터넷이 지원되긴 하지만 액정이 작아서 글씨조차 알아볼 수 없는 24개월 무약정 공짜 폰이었다.

왔던 길을 되돌아가야 할지 아니면 계속 앞으로 나아갈지 고민하고 있을 때, 어디선가 꿍짝꿍짝 좋아좋아 아~싸라비아, 요란한 뽕짝 메들리가 들려왔다. 희끗희끗한 자분치가 적당히 나이 들어 보이는 중년 아저씨가 고급스러운 자전거를 끌고 지호 곁으로 어슬렁거리며 다가왔다. 생긴 모양이 방독면에 가까운 마스크, 거울처럼 반짝거리는 무지갯빛 선글라스, 볼록 튀어나온 배를 더 돋보이게 하는 형광 저지, 짧디짧은 하체의 곡선이 적나라하게 드러나는 쫄바지로 온몸을 무장한 아저씨는 지호가 앉은 벤치 가장자리에 슬며시 자리를 잡았다.

"아, 날씨 한번 조오타! 혼자 자전거 타고 나온 거야?"

"……저요?"

"그럼 그대 말고 누구? 여기 동수 있나? 어이, 동수! 동수?"

아저씨는 과장된 몸짓으로 철 지난 농담을 하며 헤벌쭉 웃었다. 시꺼먼 형처럼, 자전거를 타는 사람들은 하나같이 웃음이 많은 걸까?

"마스크가 특이하게 생겼네요."

"아, 이거? 탄소 필터 마스크라고 알랑가 몰라?"

"처음 들어 봐요."

"우후후, 미세먼지, 일산화탄소, 이산화질소, 아황산가스, 오존."

"그게 뭔가요?"

"우리가 매일 마시는 것들이지. 보통 마스크는 자외선만 차단할 뿐 아무것도 걸러내지 못해. 하지만! 이 탄소 필터 마스크는 그 모든 것을 걸러내지. 이히히."

아저씨는 다시 한 번 경박스럽게 웃었다. 쩍 벌어진 아저씨의 입 속으로 미세먼지와 일산화탄소, 이산화질소, 아황산가스, 오존이 대량 흡입되고 있었다.

"저, 혹시 안양천에 가 보셨나요?"

혹시나 하는 마음에 지호가 용기를 내어 말을 꺼냈다.

"그럼! 안양천은 물론이고 양재천, 중랑천, 탄천, 남한강, 북한강, 낙동강, 영산강, 미시시피 강까지 안 가 본 곳이 없지."

"우와, 미시시피 강도 갔다 오셨어요?"

"힝, 속았지?"

정상이 아닌 것 같다.

"제가 오늘 한강에 처음 왔거든요. 그런데 안양천으로 가면 평촌으로 갈 수 있는지 잘 모르겠어요. 집이 평촌에 있거든요."

"안양천을 끼고 돌면 당근 평촌으로 갈 수 있지. 여기 올 땐 과천 쪽으로 왔어?"

"예, 양재천 지나서요."

"지금 소년이 달리는 길을 일명 하트 코스라고 하지."

아저씨는 자전거 핸들 바에 달린 아이폰을 떼어 앱을 작동시켰다. 아저씨의 핸들 바에는 아이폰뿐만 아니라 무선 속도계와 형형색색의 라이트, 끝없이 뿅짝이 울려 퍼지는 휴대용 스테레오 스피커까지 세상의 모든 잡동사니가 풀 옵션으로 장착되어 있었다.

"안양천으로 쭉 달리다 학의천 분기점에서 왼쪽으로 꺾으면 평촌이야. 시속 20킬로미터로 달리면 두 시간 정도 걸리겠네. 물론 나는 그 두 배인 40킬로미터로 달릴 수 있지."

아저씨의 아이폰을 들여다보니 지금껏 지호가 평촌에서 과천, 한강까지 달려온 길과 앞으로 달리게 될 안양천 길이 이어져 ♡ 모양을 그리고 있었다. 아, 이래서 하트 코스라고 하는구나.

"이렇게 자전거 도로만 표기된 앱이 따로 있나요?"

"어헛! 목소리 낮춰! 이런 일급비밀 정보는…… 안알랴줌."

대체 무슨 소릴 하는 걸까? 아까부터 쭉 느낀 거지만 이 아저씨는 지나치게 명랑하거나 미친 거다.

"어쨌든 감사합니다."

지호는 배불뚝이 아저씨에게 대충 감사의 말을 전하고 다시 길을 나섰다.

넓은 강, 넓은 길, 긴 시간의 레이스에 지호는 조금씩 지치기 시작했다. 처음 한강을 보았을 땐 넓고 웅장한 모습에 압도되었지만 블록버스터급 감동은 도리어 오래가지 못했다. 양재천 좁은 길을 달리다 보면 키 큰 풀숲에 가려진 풍경이 궁금하고, 졸졸 흐르는 냇물에 잠시 손을 담글 수도 있지만 한강에는 그런 재미가 없었다.

지루한 풍경이 이어지자 지호는 다른 재밋거리를 찾기 시작했다. 가장 흥미진진한 것은 같은 방향으로 달리는 라이더들과의 은근한 신경전이었다. 지호는 언젠가 학원 앞 서점에서 본 만화책의 대사가 떠올랐다.

'맞은편에서 달려오는 라이더는 나의 친구지만, 같은 방향으로 달리는 라이더는 나의 적이다!'

자전거를 타고 학원을 오갈 때도 간간이 느껴 왔다. 누군가 나를 앞질러 갈 땐 괜히 기분이 나빴고, 거기에다 앞선 라이더가 나를 슬쩍 돌아보며 씨익 뜻 모를 웃음이라도 지을 때의 그 더러운 기분이란! 지호는 슬쩍슬쩍 뒤를 의식하기 시작했다.

뒤에서 빠른 속도로 거리를 좁혀 오는 자전거가 있으면 기어를 저단으로 변경하고 있는 힘껏 페달을 밟았다.

한 시간 가까이 단 한 차례도 추월을 허용하지 않고 숨 가쁘게 달리다 보니 어느새 한강과 안양천이 만나는 두물머리에 도착했다. 지호는 잠시 멈춰 서서 벌컥벌컥 물 한 통을 다 비웠다.

"어이, 같이 가!"

갑자기 등 뒤에서 절규에 가까운 목소리가 들려왔다. 뒤돌아 보니 한강공원에서 만났던 배불뚝이 뽕짝 아저씨가 지호를 따라오고 있었다. 아저씨는 숨을 헐떡이며 자전거를 멈췄다.

"아이고, 힘들다. 대체 뭘 훔쳐 먹은 거야!"

"네? 전 훔친 게 없는데……."

"그게 아니라 어후, 뭐가 그리 급하다고, 후, 그렇게 빨리 달려? 어후후."

아저씨의 가쁜 숨소리가 시끄러운 뽕짝 리듬과 절묘한 조화를 이뤘다.

"어후, 얼마 전에 우주선 재질로 만든 자전거가 새로 나왔다던데, 그걸 타고 달렸으면 쉽게 따라잡았을 거야. 어후어후. 참, 이 탄소 필터 마스크의 유일한 단점이 하나 있는데 뭔지 알아?"

"글쎄요. 값이 비싼가요?"

"아니, 숨을 쉬기 힘들다는 거야."

지호는 피식 웃음이 새어 나오는 것을 간신히 참았다. '숨 쉬기 힘든' 탄소 필터 마스크 탓에 지호를 따라잡지 못한 아저씨는 아주 비싸 보이는 보온병을 꺼내더니 벌컥벌컥 물을 마시곤 지호에게 내밀었다.

"목마르지 않아? 마셔."

"감사합니다."

물을 나누어 마시는 것도 라이더 세계의 규칙인가. 여전히 목이 말랐던 지호는 꾸벅 인사를 하고 물병을 건네받았다. 어? 그냥 물이 아니네. 이온 음료도 아니고. 톡 쏘는 맛이 탄산 같은데 그렇다고 탄산음료도 아니고.

"발포 비타민을 물에 녹인 거야. 이런 거 처음 먹어 보지? 우핫핫."

배불뚝이 아저씨는 물까지도 고급이다. 입만 열면 싼 티 작렬이지만. 어쨌든 좋은 사람인 것 같다.

"오늘은 나한테 얻어먹었으니 다음번엔 그대가 사야 해."

"아, 네. 그렇게 하겠습니다."

"난 63빌딩 뷔페가 좋더라. 주중 점심은 육만오천 원밖에 안 해."

"엑? 그, 그건 너무 비싼……."

"우히히힝, 또 속았지?"

젠장, 좋은 사람이라는 생각은 취소다.

"여기까지 왔으니 함께 안양천을 달리자고. 괜찮지?"

"아, 예. 그러시죠."

"그럼 승부닷!"

배불뚝이 아저씨가 예고도 없이 잽싸게 앞으로 달려 나갔다. 지호는 어이없는 표정으로 포데로사를 타고 아저씨를 쫓았다.

한강보다 작고 양재천보다 큰 안양천. 강은 저마다 이름이 다른 것처럼 흐르는 모습도 달랐다. 지호는 한적한 안양천을 따라

지하철 1호선 전동차와 속도를 겨루기도 하고, 배불뚝이 아저씨의 썰렁한 농담을 받아 주기도 하며 신 나게 달렸다.

이미 학원을 오가던 거리의 두 배를 달려온지라, 손바닥이 저리고 종아리가 당겨 오는 고통도 두 배는 될 직했다. 게다가 평소보다 훨씬 빠른 속도로 레이스를 펼쳤으니 입에서는 단내가 나고 체력 게이지는 바닥을 향해 곤두박질치고 있었다. 광명과 시흥을 지나 평화로운 시골 풍경이 막 펼쳐졌을 때, 자전거 도로 앞에 큼직한 물체가 떡하니 버티고 서서 지호를 가로막았다. 지호가 급히 브레이크를 잡고 포데로사를 멈추자 살진 고양이 같은 녀석이 빤히 지호를 노려보았다.

"너구리잖아."

뒤따라온 배불뚝이 아저씨가 신기한 듯 너구리를 구경했다. 너구리는 길 한가운데서 흘끔흘끔 지호와 수풀 쪽을 번갈아 경계했다.

"신기한 일일세. 너구리는 야행성인데. 어쩌다 밤에 본 적은 있지만 낮엔 처음 보는걸?"

"너구리가 뭘 하고 있는 거죠?"

"글쎄? 아, 저기다!"

너구리의 눈길이 닿은 곳, 아저씨의 손이 가리킨 수풀 사이로 하얀 토끼 한 마리가 보였다. 그 녀석은 토끼라고 하기엔 너무 커서 차라리 하얀 캥거루라고 하는 게 나을 정도였다.

"이것이 말로만 듣던 나와바리 싸움인가! 우하하하."

아저씨의 과도하게 호탕한 웃음에 놀랐는지 너구리가 슬그머니 뒤로 물러났다. 토끼도 어느새 귀를 감추고 사라졌다.

"덕분에 진귀한 구경을 했네. 앞으로도 자주 만나서 함께 달려야겠어."

생각해 보니 지호는 지금껏 야생 너구리를 본 적이 없었다. 토끼장이 아닌 들판에서 뛰어노는 거대 토끼를 본 것도 처음이었다. 자전거는 볼 수 없었던 것까지 보여 주는 바퀴 달린 마법사 같았다.

집으로 돌아온 지호는 시원하게 샤워를 하고 침대에 벌렁 누웠다. 손바닥, 어깨, 다리, 엉덩이 할 것 없이 온몸이 얼얼하고 뻐근했다. 한나절의 짧은 레이스였지만, 꽤 긴 여행에서 돌아온 것같이 나른했다. 처음 달려 보았던 한강의 풍경이나 낯선 안양천의 모습은 생각만큼 감동적이진 않았다. 지호의 심장을 자극했던 것은 전력을 다해 페달을 밟았던 혼자만의 레이스였다. 뒤에서 거리를 좁혀 오는 자전거를 따돌리고, 앞서 달리는 자전거를 따라잡는 조금 멍청해 보이기까지 하는 치킨 레이스. 지호는 자신의 다리가 이 정도로 잘 버텨 줄 것이라고는 생각도 하지 못했다.

'이제부터는 단 한 차례도 추월을 허용하지 말아야지. 누군가

나를 앞서 간다면 반드시 따라잡아 줄 테다!'

눈꺼풀이 무거워지면서 지호는 저도 모르게 스르르 잠이 들었다. 토요일 이른 저녁, 침대 위에서 다짐한 이 뜬금없는 결의를 통해 앞으로 어떤 일들이 벌어지고 또 어떤 사람들을 만나게 될지 모른 채 말이다.

RACE 5

첼시는 강하다

단 0.1퍼센트의 이물질도 섞이지 않은 순수한 파랑 '로열 블루'의 유니폼. 수천의 적을 베어 버리고 전장에서 막 돌아온 강인한 전사의 얼굴을 한 검고 흰 피부의 선수들. 1905년 창단된 잉글랜드 프리미어리그의 축구 클럽으로, 홈구장은 런던의 스탬퍼드 브리지. 2003년 러시아 석유 재벌 아브라모비치가 클럽을 인수한 후 막대한 자금력을 바탕으로 모리뉴 감독과 유명 선수들을 영입해 2004년부터 리그 연속 우승을 달성한 이 축구 클럽의 이름은 바로 첼시다.

"씨발, 램퍼드를 선발 명단에서 제외하는 게 말이나 돼? 아자르는 기복이 심하고, 오스카는 아직 경험이 부족하다고. 어제 경기는 90분 내내 완전 멘붕, 멘붕."

"램퍼드는 이제 늙어서 안 돼. 그냥 토레스랑 묶어서 팔아 치우고 디에고 코스타를 영입하는 게 낫다니까."

"이런 씨발, 첼시의 영혼 램퍼드를 팔아? 어제는 토레스가 존나 삽질을 해서 진 거지 왜 램퍼드를 들먹여?"

"맨유랑 승점이 9점이나 벌어졌는데 어떻게 따라잡지? 맨유 빠돌이 새끼들 좋아서 날뛰는 꼴을 어떻게 보냐?"

쌍욕이 뒤섞인 이 분노의 다자간 대화는, 런던 북서부 한 모퉁이에 자리 잡은 펍에서 첼시 팬들이 맥주를 마시며 나누는 이야기가 아니다. 월요일이 되면 지호네 반 남자아이들은 지난 주말에 펼쳐진 프리미어리그 경기를 화제로 열띤 토론을 벌였다.

유럽 프로 축구의 열성 팬들은 유럽 대륙에만 있는 것이 아니다. 내전으로 고통받는 남수단의 아이들은 바르셀로나의 유니폼을 입고 공을 차고, 대홍수로 수도 방콕이 물에 잠기는 위기의 순간에도 태국 청년들은 리버풀의 유니폼을 입고 텔레비전 위성 생중계를 지켜본다. 그들은 평생 단 한 번도 가 본 적 없는 나라, 아는 친구 한 명 살지 않는 지구 반대편 도시의 축구팀을 응원하면서 승리에 열광한다. 그리고 행여 자신이 응원하는 팀이 패배라도 하는 날에는 마치 지구 최후의 날을 맞은 듯한 표정으로 결연히 말한다.

"괜찮아, 서른여덟 경기 중 고작 한 경기일 뿐인걸."

그런 녀석들이 지호의 반에도 있었다.

"이번엔 야누자이가 맨유 선발로 나올 거 같던데. 지난 경기에서도 평점이 꽤 높았잖아."

"뭐? 씨발놈아, 어쩌라고!"

"맨유빠 새끼들 진짜 답이 없네. 기껏 하위권 팀들한테 승점 좀 챙겼다고 눈에 뵈는 게 없나."

오밤이 슬며시 아이들의 대화에 끼어들었다가 쌍욕만 한 사발 시원하게 들이마시고 찌그러졌다. 지호의 눈에 그것은 토론이라기보다 첼시의 팬이 아닌 나머지 놈들은 입을 닥치라는 일방적인 위협이었다. 지호도 여느 아이들처럼 가장 좋아하는 축구팀은 과거 박지성이 활약했던 맨체스터 유나이티드였지만, 적어도 지호네 반에서만은 첼시가 거스를 수 없는 대세였다. 그 중심에는 반장 태준이 있었다.

태준은 남자아이들 사이에서 반장이라고 불리기보다 '첼시'라고 불렸다. '첼시'는 이름 그대로 '첼시 그 자체'였다. 첼시는 체육 시간이나 점심시간에 축구를 할 때는 물론이고 사복을 입을 때도 항상 첼시 저지를 입었다. 홈 앤드 어웨이 저지는 기본이고, 국내에서는 쉽게 구하기 어렵다는 서드 저지와 연도별 저지까지 거의 모든 버전의 첼시 유니폼을 보유하고 있었다. 실제로 축구를 할 때도 첼시는 항상 운동장의 중심에서 볼을 소유하고 있었다. 플레이메이커, 섀도 스트라이커, 리베로, 올라운드 플레이어……. 남자아이들은 첼시를 전지전능한 축구의 신으로 인정했다. 첼시는 때론 진중하게, 때론 격렬하게 같은 팀 친구들을 격려하고 질책하면서 누구보다 많이 뛰고 가장 많은 골을 넣었다.

거기에다 훈훈 돋는 매끈한 얼굴에 키도 크고 공부도 잘해서 남자아이들은 물론 여자아이들 사이에서도 첼시의 인기는 하늘을 찔렀다. 완, 벽, 하, 다! 더는 다른 말이 필요 없는 친구였다. 지호는 그런 첼시가 부러웠다.

지호도 몇 번 용기를 내서 첼시 패거리의 대화에 끼어들어 봤지만, 도무지 따라갈 수 없는 해박한 축구 지식의 벽에 금방 말문이 막혔다. 무엇보다 지호는 3초마다 한 번씩 '존나'와 '씨발'이 난무하는 대화에 좀처럼 적응할 수 없었다. 지호도 작은 목소리로 '존나'를 몇 번 수줍게 구사해 보았지만, 역시 자신과 어울리는 말이 아니라는 생각에 이내 대화를 포기해 버렸다.

"용지호, 교체로 나와라."

체육 시간 도중, 첼시가 운동장 한구석에서 오밤과 지질한 잡담을 나누고 있던 지호를 지명했다. 특별히 운동신경이 좋은 것도 아니고 축구 시합을 자주 해 본 것도 아니어서, 공을 찰 때마다 지호는 항상 수비수 아니면 후보 선수였다. 하지만 첼시는 적어도 체육 시간만은 반 아이들을 골고루 기용하는 넓은 아량을 베풀었다. 첼시는 관대하다!

지호는 동네 축구에서 (왼발잡이 공격수가 많지 않기 때문에) 가장 할 일이 없다는 오른쪽 수비수가 되었다. 지호 역시 상대편이 자기 앞으로 공을 드리블하며 공격해 오는 것을 절대로 바라지 않았다. 하지만 누군가의 말처럼, 꿈은 연약하고 현실은 냉혹한 것인가! 상대 팀 공격수 한 녀석이 웨일스의 신성 개러스 베일처럼 미친 듯이 드리블을 하며 지호 쪽으로 달려왔다.

"막아! 막아!"

같은 편 아이들이 지호를 향해 빽빽 소리 질렀다.

'앞으로 나가서 공을 막을까? 아니, 기다리고 있다가 사람을 막을까?'

이럴까 저럴까, 지호가 양자택일의 고민에 빠진 찰나 개러스 베일은 지호를 제치고 크로스를 올렸다. 지호는 있는 힘껏 발길질하며 상대의 공격을 막으려 했지만, 공은 이미 골대를 향해 우아한 곡선을 그리며 날아가고 있었다. 지호는 아무것도 없는 허공에 냅다 헛발질을 하며 중심을 잃고 우스꽝스럽게 나뒹굴었다. 개러스 베일이 크로스한 공은 운 좋게도 거침없이 돌진하던 상대 공격수의 머리에 맞고 골 망을 흔들었다. 멋진 헤딩골이었다. 물론 상대 팀의 입장에서.

"아 씨발, 그것도 못 막아! 아우, 씹새끼 존나 개발이네!"

스타일 구겨지게 나뒹군 것도 모자라 흙먼지까지 뒤집어쓴 지호의 뒤통수로 온갖 쌍욕이 날아들었다. 욕설의 주인공은 '록바'였다. 록바는 첼시의 심복 중의 심복, 일명 '앞잡이'로 불리는 녀석이었다. 록바는 첼시의 전설적인 스트라이커 디디에 드로그바처럼 피부가 검고 광대뼈가 툭 튀어나와서 붙은 별명이었다. 록바는 자신의 별명에 대단한 자부심을 느끼고 있었다. 첼시에 헌신한 여덟 시즌 동안 341경기에서 무려 157골을 기록한 별 중의 별, 조국 코트디부아르에 평화를 가져온 내전 종결자, 아프리카 아이들을 위해 병원과 학교를 세우는 검은 예수, 그가 바로 디디에 드로그바였지만 정작 지호의 눈앞에서 고래고래 날뛰고 있는 록바는 단지 반장 첼시의 앞잡이일 뿐이었다.

"씹새야, 하기 싫으면 나가!"

록바가 다시 한 번 지호를 다그쳤다. 그 목소리가 얼마나 컸던지 축구를 하는 아이들은 물론이고 운동장 가장자리에서 피구를 하거나 삼삼오오 수다를 떨던 여자아이들까지 키득거렸다. 지호는 창피하고 기분이 상했지만, 자신 때문에 실점을 한 것은 엄연한 사실이니까 화를 내거나 대꾸를 할 수도 없었다.

"록바, 일부러 그런 것도 아닌데 그만해. 역전하면 되잖아. 파이팅!"

그때 첼시가 손뼉을 치며 소리쳤다. 순간 욕지거리를 내뱉고 지호를 비웃던 같은 팀 아이들이 마치 마법에 걸린 것처럼 첼시를 따라 손뼉을 치며 파이팅을 외쳤다. 지호는 록바 말대로 조용히 경기에서 빠지고 싶었다. 아무짝에도 쓸모없는 불필요한 존재. 적어도 지금 자신에게 가장 잘 어울리는 말이라는 생각이 들었다. 그때 첼시가 지호에게 천천히 달려왔다.

"용지호, 수비할 땐 뒤로 물러서면 안 돼. 또 공격해 오면 뒷걸음치지 말고 달려 나가서 발등으로 힘껏 공을 걷어차. 알았지?"

"으응, 그래."

첼시의 조언에 지호는 저도 모르게 고개를 끄덕였다.

"좋아, 괜찮아. 파이팅!"

"파, 파, 파이팅!"

지호는 얼떨결에 첼시를 따라 파이팅을 외쳤다. 지호는 센터 서클로 달려가는 첼시의 뒷모습을 물끄러미 바라보았다. 누구에게나 당당하다는 듯 쭉 펴진 어깨, 그 어떤 누구라도 평온히 기댈 수 있는 바다처럼 넓은 등짝, 세상 끝까지 거침없이 달려갈 것 같은 길고 튼튼한 다리……. 역시 완, 벽, 하, 다!

다시 경기가 시작되고 축구공이 몇 차례 양쪽 골대를 향해 오고 갔다. 경기가 느슨해질 즈음, 다시 한 번 지호 앞으로 상대팀 녀석이 공을 드리블하며 돌진하기 시작했다. 개러스 베일! 제길, 아까 그놈이다. 지호는 잠시 주춤하다 첼시의 말을 떠올렸다.

'뒤로 물러서지 말고 달려 나가서 발등으로 힘껏 공을 찬다!'

지호는 황소처럼 돌진해 발등에 온몸의 힘을 실어서 축구공을 냅다 걷어찼다. 축구공은 고래의 등처럼 거대한 포물선을 그리며 날아가고 또 날아갔다.

"헐."

축구를 하던 아이들 모두가 그 자리에 멈춰 섰다. 공은 여전히 하늘에 떠 있었다. 지호는 갑자기 가자미, 꽁치, 고등어 같은 물고기가 생각났다. 저 하늘 위에 떠 있는 축구공이 꽁치처럼 파닥파닥 헤엄을 치는 것 같았다. 축구공은 상대편 골대를 지나 운동장 바깥으로 떨어졌다.

"씨발, 존나 멀리도 차네!"

상대편 골키퍼가 투덜거리며 공을 줍기 위해 뛰어가자, 같은 편 아이들 몇몇이 웃으며 손뼉을 쳤다. 첼시도 웃으며 지호를 향해 손뼉을 쳤다.

'거봐, 하니까 되잖아.'

말은 하지 않았지만 첼시는 그런 표정으로 웃고 있었다. 지호는 수줍게 웃으며 엉거주춤 체육복 바지를 추어올렸다.

학교 수업이 끝나고 지호는 포데로사를 타고 학원으로 향했다. 오랜만에 축구를 해서 그런지 다리가 뻐근하고 온몸이 나른했지만, 마음만은 산뜻했다. 지호는 속도를 내기 시작했다. 자전거를 타기 시작한 지 두 달이 지나면서 인덕원 고갯길은 이제 과속방지턱처럼 가볍게 넘을 수 있었다. 눈 깜짝할 사이 과천과 양재를 지났다. 그사이 몇 차례 다른 라이더들을 따라잡았고

단 한 번도 추월을 허용하지 않았다. 지호는 스피드 레이스를 펼치는 과정에서 몇 가지 규칙을 세워 두었다.

1. 보행자가 많은 곳에서는 레이스를 벌이지 않는다.

2. 헬멧을 쓰지 않은 사람과는 경쟁하지 않는다.

3. 산책이나 조깅을 하는 보행자를 발견하면 속도를 줄이고 일찌감치 벨을 울려 주의를 환기한다.

다행히도 지호와 레이스를 벌이는 다른 라이더들도 지호의 규칙을 눈치껏 이해하고 동의해 주었다.

영동5교에 가까워질 무렵, 지호는 앞서 달리고 있는 낯익은 모습의 라이더를 발견했다. 시꺼먼 형이었다.

"안녕하세요."

"오오, 드래곤! 승부할까?"

"학원 가야 해요."

"아, 그렇지. 하긴 나도 연습하러 가는 길이야. 그럼 학원 끝나고 어때?"

"그건 괜찮죠."

지호는 자전거를 멈추고 시꺼먼 형과 전화번호를 교환했다. 지호는 스피드 대결을 펼칠 생각에 학원 수업 내내 무릎을 주무르고 발목을 돌려 가며 만반의 태세를 갖추었다.

수업이 끝난 지호와 연습을 마친 시꺼먼 형은 헤어졌던 곳에서 다시 만나 한밤중의 레이스를 시작했다. 지호의 포데로사는 시작부터 시꺼먼 형의 BMX를 멀찌감치 따돌렸다. 포데로사는 마흔여덟 개의 톱니로 된 크랭크와 27인치의 크고 날렵한 바퀴를 자랑했지만, 시꺼먼 형의 BMX는 포데로사의 절반인 스물네 개의 톱니 크랭크에 20인치의 작고 두꺼운 바퀴를 장착하고 있었다. 도로 주행용 자전거와 묘기용 자전거의 태생적 차이에서 승부는 이미 갈린 것이다. 두 사람은 양재천을 거슬러 올라 과천까지 쉬지 않고 달리고 또 달렸다.

과천 중앙공원에 도착해 지호는 근처 구멍가게에서 60퍼센트 세일 중인 아이스크림을 두 개 샀다.

"나 주려고 산 거야?"

"지난번 펑크 수리해 주셨을 때 제가 약속했잖아요."

"아, 그걸 다 기억하고 있었어? 어쨌든 잘 먹을게."

지호와 시꺼먼 형은 공원 벤치에 앉아 아이스크림을 먹으며 짧은 휴식을 취했다.

"자전거 타고 어디까지 가 봤니? 한강은 가 봤지?"

"네. 얼마 전에."

"탄천은?"

"탄천은 한강 가는 길만 가 봤어요."

"남한강이나 북한강 쪽으론 안 가 봤어?"

"예전에 아빠랑 차 타고 가 본 적은 있어요."

"그럼 지금껏 집이랑 학원만 왔다 갔다 한 거야?"

"네. 대부분."

"다음번엔 탄천 따라 용인까지 한번 신 나게 달리자."

"용인요? 거긴 너무 멀지 않아요?"

"한 시간 반도 안 걸리는데 멀긴. 자전거가 얼마나 멀리 갈 수 있는지 아직 모르는구나? 소문은 그럴싸하게 났는데 알고 보니 풋내기인걸."

"소문요?"

"요즘 인적이 드문 밤마다 양재천에서 레이스가 벌어진다는 소문이 돌거든. 그게 너 맞지?"

무슨 소리를 하는 건가. 지호는 고개를 갸우뚱했다.

"검은 용 문신을 한 녀석이 미친 듯이 속도를 내며 상대를 제압한다던데, 내가 잘못 들었나?"

"저, 저는 문신 안 했어요."

"용무늬 버프에 용무늬 저지잖아. 그게 용 문신이지 뭐. 하하."

듣고 보니 그럴듯하다. 용무늬 옷을 입고, 한밤중에 양재천을 달리고, 상대의 추월을 절대 허용하지 않는 사람은 바로 자신이다. 하지만 그게 소문이 퍼질 만큼 대단한 일인가?

시꺼먼 형은 아이스크림을 다 먹어 치운 후 지호 앞에서 BMX

묘기를 연습하기 시작했다. 고난도 기술이라는 360 테일휩은 여전히 실수 연발이었다. 시꺼먼 형은 한숨을 쉬며 절레절레 고개를 흔들었다.

"지난번 연습 구경한 건 어땠어? 별로 재미없었지?"

"아뇨, 그런 건 아니고요. 자전거로 묘기를 부린다는 게 좀 신기하고 그랬어요."

"자전거의 기원이 뭔지 알아? 귀족들 앞에서 재주를 부리는 서커스 도구를 고안하다가 만들어진 게 바로 자전거야. 자전거는 처음엔 경박하고 우스꽝스러운 오락거리에 불과했어. 뭐 지금도 천덕꾸러기 신세인 건 여전하지만."

"천덕꾸러기요? 왜요?"

"인도에선 보행자를 위협하는 위험한 자전거. 차도에선 차량 통행을 방해하는 몰상식한 자전거. 도로교통법을 보면 자전거는 자동차의 통행에 방해가 되면 안 되고, 보행자에게 위해를 주어서는 안 된대. 사람도 차도 없는 곳에서만 자전거를 타든지, 아니면 자전거를 타지 말란 소리잖아."

갑자기 자전거 변호사가 된 시꺼먼 형의 일장 연설에 지호는 꿀 먹은 벙어리처럼 고개만 끄덕였다.

"아이스크림 잘 먹었어. 나도 답례를 해야지."

시꺼먼 형이 자기 얼굴만큼 시꺼먼 비닐봉지를 지호에게 건네주었다. 비닐봉지 안에는 지난번 펑크를 때울 때 보았던 펑크 패치 한 묶음과 접착제, 한 뼘 길이의 플라스틱 막대 두 개가 들어 있었다.

"네 자전거는 로드형 타이어라서 펑크가 날 확률이 높으니까 항상 가지고 다녀. 참, 자전거 이름이 뭐라고 그랬지?"

"포데로사요."

"맞다. 포데로사."

"이거 그냥 주시는 거예요?"

"하하, 그럼 돈 받고 팔까? 펑크 때우는 방법은 인터넷 찾아보면 많이 나와 있으니까 혼자서도 충분히 배울 수 있을 거야."

"제가 아이스크림 하나 더 살게요."

"아이스크림 좋지! 다음번엔 바닐라 말고 딸기로. 참, 그리고 내 이름은 스텔스야. 앞으로 스텔스 형이라고 불러."

"스텔스라면, 전투기요?"

"너 만나고 나서 곰곰이 생각해 봤는데 드래곤, 쫌 멋있잖아! 그래서 나도 하나 만들었어. 나는 올 블랙이니까 스텔스. 어때, 괜찮지?"

"멋있어요. 그런데 저는 드래곤 아닌데요."

"내가 드래곤이라고 부르기 시작했으니까 이제부터 드래곤이야. 왜, 맘에 안 들어?"

"그런 건 아니고요."

"맘에 들지?"

"네."

"하하하, 그럼 됐어. 그럼 나는 바빠서 이만!"

"스텔스 형, 꼭 360 테일휩 성공하길 빌게요."

"그래, 너도 승부에서 지지 마. 드래곤!"

레이더망에 걸리지 않는 스텔스 전투기와는 딴판으로, 스텔스 형의 자전거는 한 마리 검은 야생마처럼 우당탕탕 요란하게 지축을 울리며 달려갔다.

집으로 돌아오는 길에 지호, 아니 드래곤은 금방 헤어진 스텔스 형이 다시 보고 싶어졌다. 내일 또 스텔스 형을 만나 함께 달리며 재미있는 이야기를 나눌 수 있으면 좋을 텐데. 스텔스 형에 대해 아는 것이라곤 '스텔스'라는 이름 아닌 이름뿐이지만, 잘 모르는 누군가를 다시 만나고 싶다는 생각이 든 것은 처음이었다.

드래곤은 인터넷에 접속해서 '펑크 때우는 방법'을 검색했다. 스텔스 형이 준 길쭉한 플라스틱 막대는 타이어를 분리하고 다시 부착할 때 사용하는 '타이어 레버'라는 공구였다. 펑크 때우는 것은 생각보다 어렵지 않아 보였다.

"포데로사, 이제 펑크가 나면 내가 직접 고쳐 주마."

모쪼록 이른 시일 안에 펑크가 나길 기원하며 하루를 마무리하는 드래곤이었다.

RACE 6
펠로톤*

여름이 가까워지자 양재천의 밤공기에서 미지근하고 비릿한 민물 냄새가 느껴졌다. 수분을 가득 품은 대기가 한자리에 오랫동안 머물러 있기 때문일 것이다. 드래곤은 평소처럼 힘차게 포데로사의 페달을 밟았다. 누군가 뒤에서 따라오는 기척을 느낀 것은 과천을 지나 경마장 근처에 왔을 때부터였다. 드래곤은 힐끗 뒤를 돌아보았다. 줄기차게 추격해 오는 이는 자전거 헬멧 대신 노란색 안전모를 쓴 아저씨였다. 작업복 점퍼와 낡은 청바지에, 두꺼운 안전화를 신은 차림새는 누가 보더라도 보람찬 하루

* '작은 공', '작은 덩어리'라는 의미의 프랑스어로, 도로 자전거 경기에서는 '한데 몰려다니는 무리'를 뜻한다. 자전거 경기를 펼칠 때 선수들이 펠로톤을 형성하는 이유는 공기 저항을 감소시켜 그만큼 힘을 줄이고 에너지를 비축할 수 있기 때문이다.

일을 끝마치고서 집으로 돌아가는 노동자의 모습이었다. 안전모 아저씨가 탄 자전거는 신문을 구독하면 공짜로 줄 법한 싸구려 MTB 자전거였다.

'오늘의 도전자는 특이한 아저씨네.'

매일매일 양재천에서 레이스를 벌이는 드래곤은 라이더들의 입에 오르내리고 있었다. 용무늬 저지에 용무늬 버프를 뒤집어쓴 녀석 하나가 양재천에서 스피드 레이스를 벌이는데 그 속도가 워낙 빨라서 지금껏 그를 따라잡은 라이더가 없다며 허허 웃고 마는 가벼운 이야기였지만, 드래곤에게만은 그 무엇보다 박진감 넘치고 신 나는 활극이었다. 드래곤은 광속 스피드로 불패의 전설을 쌓아 갔다. '불금'에는 양재천을 벗어나 한강과 안양천을 달리며 더욱 더 길고 박진감 넘치는 레이스를 펼치기도 했다.

'저 아저씨도 분명 내 이야기를 들었겠지? 절대로 질 수 없지.'

드래곤이 기어를 저단으로 변속하고 속도를 올리자, 안전모 아저씨도 드래곤을 쫓아 속도를 높였다. 흔들림 없이 뒤따라오는 아저씨는 마치 거침없이 진격하는 탱크 같았다. 자칫 방심하면 순식간에 선두가 뒤바뀌는 호각지세의 레이스가 펼쳐졌다. 드래곤은 학원으로 향하는 진입로가 보이자 속도를 늦추고 핸들 방향을 돌렸다.

"오늘은 내가 졌어요! 다음에 다시 겨룹시다!"

안전모 아저씨가 숨을 헐떡이며 드래곤을 지나쳤다. 최근 승부를 겨룬 사람들 중에 가장 남루한 모습의 도전자인 동시에, 가장 강력하고 위협적인 상대였다. 드래곤은 그런 아저씨의 모습이 왠지 멋져 보였다.

그 후 며칠간 안전모 아저씨의 도전은 계속되었다. 항상 아슬아슬한 차이로 드래곤이 승리를 차지했지만, 아저씨는 매번 패배의 쓴잔 대신 함박웃음을 지으며 대결을 마무리했다.

"역시 소문대로 빠르네요. 도저히 이길 수 없겠는걸요."

"아저씨 자전거가 조금만 더 좋은 거였다면 제가 졌을지도 몰라요."

"더 좋은 자전거를 탔어도 드래곤을 이기긴 힘들었을 거예요. 드래곤도 더 좋은 자전거를 탄 상대를 모두 이겨 왔잖아요."

생각해 보니 그렇다. 지금껏 상대한 수많은 라이더 대부분이 드래곤보다 가볍고 비싼 자전거를 타고 있었다. 중요한 건 자전거가 아니라 나 자신이구나. 드래곤은 안전모 아저씨가 점점 더 멋져 보였다.

"고등학생인가요?"

"아뇨, 중학교 3학년이에요."

"나도 어린 시절부터 오랫동안 자전거를 탔어요. 자전거를 타고 세계 곳곳을 여행하고 싶었는데, 한동안 잊고 지내다가 양재천 드래곤의 이야기를 듣고 다시 그때의 꿈이 떠올랐거든요. 어쩌다 이렇게 유명해진 거죠?"

"어어, 그게, 말하자면, 뭐라고 해야 하나…… 아저씨, 시간 되시면 밤 열 시쯤 교총회관 앞 무지개다리로 오실래요? 거의 매일같이 모이는 사람들이 있거든요."

"높은 구름다리 말인가요? 꼭 가 볼게요. 드래곤과 그의 동료들이라. 기대되는걸요?"

그즈음 드래곤은 스텔스 형과 가끔 무지개다리에서 만나 이야기를 나누기 시작했다. 얼마 지나지 않아 한강에서 대결을 펼쳤던 배불뚝이 아저씨를 다시 만났고, 한 마리 고독한 승냥이처럼 먹잇감, 아니 수다 상대를 찾던 배불뚝이 아저씨는 물 만난 고기처럼 덩실덩실 춤을 추며 무지개다리 멤버로 합류했다. 드래곤과 스텔스라는 이름에 깊은 감명을 받았는지 배불뚝이 아저씨는 은근슬쩍 자신이 티타늄 재질의 자전거를 탄다는 의미로 '타이탄'이라는 별명을 지어 왔지만, 스텔스 형은 항상 뽕짝을 울리는 자전거를 보며 막무가내로 아저씨를 '꿍따리 아저씨'라고 불렀다. 결국 아저씨는 눈물을 머금고 '꿍따리'라고 불리는 사나이가 되었다.

드래곤과 마지막 레이스를 펼치고 며칠 뒤 안전모 아저씨도 무지개다리 모임에 합류했다. 학원 수업을 마친 드래곤과 BMX 연습을 끝낸 스텔스 형, 꿍따리 아저씨가 안전모 아저씨를 반겼다.

"드래곤은 잘 알 테고 이 시꺼먼 친구는 스텔스, 나는 꿍따리일세. 으허허허. 자네도 근사한 이름이 하나 있어야겠는걸."

"딱히 떠오르는 이름이 없네요. 뭐가 좋을까요?"

"하이바 어때, 하이바."

"하하, 하이바 괜찮네요. 우리말인 안전모는 어떨까요?"

"아냐, 안전모는 너무 운치가 없잖아. 하이바가 입에 짝 붙고 딱이야~ 딱이야~ 너에겐 내가 딱이야~."

꿍따리 아저씨가 괴상한 트로트를 부르며 자신의 주장을 밀어붙였고 그렇게 해서 하이바 아저씨는 무지개다리의 네 번째 멤버가 되었다. 만화 『원피스』에서 모험을 떠난 해적 루피가 조로와 나미를 시작으로 하나둘씩 동료를 만나는 것처럼, 드래곤은 이스트 블루가 아닌 양재천을 달리며 길 위의 동료를 만나고 있었다.

무지개다리 아래서 쉬어 가는 라이더는 그리 많지 않았다. 보행자 전용 다리인 탓에 폭이 좁고 높아 그늘이 작았기 때문이다. 그런 이유로 무지개다리는 늘 고정 멤버 네 명의 차지였다.

"스텔스, 나도 펑크 때우는 테크닉 좀 전수해 줘."

"꿍따리 아저씨는 펑크가 나면 튜브에 뱃살을 잘라 넣으면 돼요."

"이런, 그걸 몰랐네!"

"제가 알려 드릴게요. 저도 이제 펑크 잘 때울 수 있어요."

"오호, 드래곤도 할 수 있어?"

"그럼요, 며칠 전엔 어떤 아저씨 자전거도 수리했는걸요."

"그야말로 대단하시군!"

드래곤은 꿍따리 아저씨의 칭찬에 어깨를 으쓱거리며 며칠 전 일을 떠올렸다. 밤이슬이 내려 유독 길이 미끄러운 날이었다. 드래곤은 정신을 바짝 차리고 조심조심 집을 향해 달리고 있었다. 경마장을 지나 과천에 가까워질 무렵, 드래곤은 길가에 주저앉아 있는 한 아저씨를 발견했다. 아저씨의 무릎에선 피가 흐르고 있었다. 쓰러진 자전거 근처에 맨홀 뚜껑이 있는 것을 보니, 그걸 밟고 미끄러진 것이 틀림없었다. 드래곤은 가던 길을 멈추고 안장 가방에서 연고와 반창고를 꺼내 아저씨에게 건넸다. 사고에 대비해 비상약을 항상 휴대하고 다녔던 것이 정말 다행이었다. 아저씨가 약을 바르는 동안 드래곤은 자전거를 일으켜 세웠다. 앞바퀴 타이어가 푹 꺼진 것이 펑크가 난 것 같았다. 드래곤의 눈이 영롱한 밤이슬처럼 반짝거렸다. 실전 경험을 쌓을 절호의 찬스다!

"펑크가 난 것 같은데요?"

"그러게 말이에요. 이걸 어쩐다. 자전거 가게도 다 문을 닫았을 텐데."

"그럼 제, 제가 고쳐 보겠습니다."

"정말요? 고칠 수 있겠어요?"

드래곤은 안장 가방에서 스텔스 형이 준 펑크 패치를 꺼냈다. 인터넷에서 본 대로 타이어 레버로 타이어를 분리하고, 휴대용 펌프로 튜브에 바람을 넣어서 펑크가 난 곳을 찾는다. 다음은 접착력을 높이기 위해 사포로 튜브 표면을 거칠게 하고 접착제를 바른 후 30초 기다린 뒤 펑크 패치를 부착, 마지막으로 접착제가 완전히 마를 때까지 1분간 명상의 시간……. 튜브와 타이어를 제자리에 끼우고 빵빵하게 바람을 채우면 수리 완료! 처음치곤 수월하게 작업이 끝났다.

"정말 고마워요. 자전거를 끌고 두 시간은 걸어가야 할 판이었는데."

드래곤은 아저씨의 감사 인사에 쑥스럽게 웃었다. 드래곤은 수리비라며 돈을 내미는 아저씨에게 손사래를 치고 다시 길을 달렸다. 자전거를 타기 시작한 이후, 페달을 밟는 느낌이 가장 뿌듯했던 순간이었다.

"하이바 아저씨, 그 안전모 덥지 않아요? 여름 되면 완전 보온 밥통일 텐데."

"난 안전모가 편해. 내 몸의 일부분처럼 느껴지거든."

"그럼, 그럼! 하이바를 쓰지 않으면 이름도 바꿔야 하잖아. 하이바를 벗는 순간 강퇴!"

"그럼 꿍따리 아저씨도 뱃살 빼면 강퇴."

사람들의 수다 속에 묻혀 웃고 떠들다 보면 어느새 시간은 밤 열 시가 훌쩍 넘었다. 무지개다리 아래에서는 수백만 원은 할 것 같은 고급 자전거를 타는 꽁따리 아저씨가 거드름을 피우지도 않았고, 재활용품 수거장에서 주워 왔다고 해도 믿을 낡은 자전거를 타는 하이바 아저씨도 주눅 들지 않았다. 진짜 이름도 모르고 어디서 무얼 하며 사는지도 알지 못하는 사람들 속에서 드래곤은 완전히 다른 자신의 모습을 발견해 가고 있었다. 집에서는 엄마의 잔소리와 여동생의 빈정거림에 시달리고, 학교에서는 오밤을 제외하곤 친한 친구 하나 없는 소극적인 용지호가 아닌, 양재천 물길을 가르며 그 누구보다 빨리 달리는 용사 드래곤! 적어도 무지개다리 아래의 드래곤은 밝은 표정에 말도 잘하는 명랑한 소년이었다.

6월이 되자 비가 오는 날이 잦아졌다. 비 오는 날 아침이면 드래곤은 레벨이 급다운되어 다시 용지호로 돌아와야 했다. 자전거를 탈 수 없어 기운이 빠진 지호는 젓가락으로 밥알을 세어 가며 깨작거렸다. 며칠 전부터 엄마는 아침에 우유와 시리얼 대신 밥을 차렸다. 반찬이라곤 된장국과 김치, 눅눅해진 김과 콩나물 무침이 전부였다.

"엄마, 스팸 같은 거 없어? 먹을 반찬이 하나도 없어."

엄마가 눈에서 불을 뿜으며 지호를 째려보자 지호는 어이쿠

비굴한 표정으로 눈을 깔았다. 말없이 된장국만 후루룩후루룩 마시던 아빠가 말을 꺼냈다.

"주말에 외식이라도 할까?"

외식은 무슨 얼어 죽을! 평소와 같았으면 엄마의 불호령이 떨어지는 것이 정상적인 시추에이션이건만, 웬일인지 엄마는 대꾸가 없었다.

"고기 먹자, 고기."

엄마의 눈치를 살피며 지호가 분위기를 띄웠다.

"지희도 이번 주말 괜찮지?"

"토요일 저녁은 안 돼."

언제나 그렇듯이, 아침밥을 거르고 방에서 궁극의 헤어스타일을 창조 중이던 지희가 퉁명스럽게 대답했다.

"약속 있니?"

"친구들 만나기로 했어."

"중2 여자애들이 저녁에 무슨 약속이야? 어디서 만나는데?"

"아, 짜증 나! 어쨌든 토요일은 안 되니까 셋이 나가서 먹든 말든 맘대로 해."

아빠와 지희의 대화에 엄마가 끼어들자 지희가 신경질을 내며 방문을 쾅 닫았다. 어쨌거나 얼마 만의 단백질 보충이란 말인가! 자전거를 탈 수 없어서 우울했던 지호의 기분이 봄에 눈 녹듯 사르르 녹아내렸다.

“이번 주 토요일에 생일 파티 하는데 열두 시까지 우리 집으로 와 줄 수 있지?”

지호가 기분 좋게 교실 문을 열고 들어왔을 때, 또 하나의 좋은 소식이 지호를 반겼다. 중학교 들어와서 처음으로 생일 파티 초대를 받은 것이다. 그것도 반장 첼시에게. 전혀 예상하지 못했던 그레이트 어메이징한 초대에 지호는 어리둥절하면서도 떨 듯이 기뻤다. 지난번 축구 시합 때 나를 좋게 본 건가?

“물론이지! 꼭 갈게. 어…… 그런데 혹시 오밤, 아니 범규도 초대했어?”

“아니, 안 했는데. 왜?”

“아, 아냐. 그냥.”

“그러고 보니 너 범규랑 베프구나. 그럼 범규도 데리고 와.”

“그래도 돼?”

“안 될 게 뭐 있어.”

“그래. 범규한테는 내가 얘기해 둘게. 초대해 줘서 정말 고마워.”

누가 행복은 파도처럼 한 겹 한 겹 천천히 오고, 불행은 해일처럼 한꺼번에 밀려온다고 했던가? 오늘만은 자전거를 타지 못해도 크게 아쉽지 않았다.

“생일 선물?”

드래곤은 첼시의 선물로 뭘 준비해야 할지 무지개다리 멤버들에게 조언을 구했다. 초등학생 때는 연필이나 지우개, 노트 정도면 충분했지만, 중학생에게 어울리는 선물은 고심하고 또 고심해도 도무지 마땅한 게 떠오르지 않았다.

"남자가 남자한테 무슨 선물이야? 나중에 쭈쭈바나 하나 사주면 되지."

꿍따리 아저씨가 편의점에서 사 온 빠삐코를 쭉쭉 빨며 되지도 않는 농담을 늘어놓았다.

"반장이 첼시 광팬이라고 했지? 첼시 관련 물품을 사면 어때?"

"광팬이라면 어지간한 물건은 다 있지 않겠어요?"

"어허, 남자애들은 선물 같은 거 줘도 금방 잊어버려서 실속이 없다니까. 아! 최신 야동 다운받아서 선물하는 건 어떨까?"

꿍따리 아저씨가 하이바 아저씨와 스텔스 형의 진지한 고민에 찬물을 끼얹었다.

"손목 밴드는 어때? 반장이 축구도 좋아한다며? 땀 흘리며 운동할 땐 이게 최고야."

스텔스 형이 손목에 찬 검은 밴드를 흔들어 보이자 드래곤은 축구 경기 도중 얼굴에 흐르는 땀을 연신 옷자락으로 훔치던 첼시의 모습이 떠올랐다. 그래, 결정했어! 생일 선물은 손목 밴드로 하자.

"비싸지 않나요?"

"아무리 비싸도 한 쌍에 만 원 안쪽일 거야."

"……역시 여자가 있어야 해."

"생일 파티에 여자애들도 와요."

"그게 아니라 우리 멤버 말이야. 고추만 넷이 모여 있다 보니 생일 선물 이런 데서 창의력이 떨어지잖아."

뜬금없는 꿍따리 아저씨의 단어 선택에 드래곤의 귀가 빨개졌다. 갑자기 여기서 여자가 왜 나오고, 고추는 또 무슨 해괴망측한 소린가. 드래곤은 평소보다 서둘러 암흑의 기운이 역력한 무지개다리를 떠났다.

스텔스 형의 말대로 손목 밴드는 만 원을 넘지 않았다. 생일 파티까지 시간이 별로 없었기 때문에 첼시 마크가 새겨진 손목 밴드를 파는 인터넷 쇼핑몰은 포기했다. 대신 동네 축구용품점에서 파란색 손목 밴드 한 쌍을 팔천 원에 구매했다. 제법 그럴듯해 보이는 생일 선물이었다.

OO아파트 OOO동 OOO호 어여 오십시오들

토요일 낮, 기분 좋게 옷을 차려입고 있던 드래곤에게 첼시의 문자가 도착했다. 자전거를 타고 가면 10분도 안 걸리는 가까운

거리였지만, 초대받은 집에 가서 땀 냄새를 풍길 수는 없는지라 버스를 이용하기로 했다.

"태준이네 집은 어디니?"

"음, 중앙공원 뒤 아파트."

"좋은 데 사네. 참, 우산 가져가. 저녁부터 비 온다더라."

"괜찮아. 저녁 전에 올 거야."

엄마는 항상 친구네 집이 어디인지부터 궁금한가 보다.

드래곤은 첼시네 아파트로 향하는 버스 안에서 같은 반 여자아이 두 명과 마주쳤다. 드래곤은 기어들어 가는 목소리로 여자아이들에게 "안녕."이라고 말한 후 애먼 버스 손잡이만 비비 꼬았다. 드래곤의 소심한 안녕은 여자아이들의 깔깔거리는 웃음과 버스 엔진 소리에 묻혀 유명을 달리했다. 여자아이들도 같은 정류장에서 내린 것으로 보아 첼시의 초대를 받은 것 같았다. 드래곤은 여자아이들과 함께 어울리지 못하고 스무 걸음쯤 뒤에 떨어진 채 천천히 발을 옮겼다.

'그냥 자전거 타고 올걸.'

결국, 첼시네 집 현관문 앞에 서는 순간까지도 드래곤은 여자아이들과 말 한마디 나누지 못했다.

"셋이 같이 온 거야?"

첼시가 파란색의 첼시 홈 유니폼을 입고 드래곤 일행을 반기자 여자아이들이 피식 웃으며 드래곤을 흘겨보았다. 제발 그런

눈으로 보지 말아 줘.

첼시의 집으로 들어선 순간 드래곤은 태어나서 지금까지 본 것 중 가장 넓은 거실을 목격했다. 아파트가 이렇게 넓을 수도 있다니, 역시 세상은 오래 살고 볼 일이다. 첼시의 집에 먼저 와 있던 여자아이들은 거실에 모여 앉아 노트북에 저장된 첼시의 사진을 보며 수다를 떨고 있었고, 남자아이들은 첼시의 방에서 컴퓨터 게임을 하거나 축구 잡지를 뒤적이고 있었다. 남자아이들 대부분이 평소 첼시와 축구를 하며 어울리는 아이들이었기 때문에 드래곤이 끼어들 자리는 없었다.

"너도 왔냐?"

체육 시간 드래곤에게 쌍욕을 날렸던 록바가 피파온라인을 하며 깐죽거렸다. 내키진 않았지만 딱히 대화할 친구도 없고 할 일도 없는 처지라, 드래곤은 록바 뒤에 우두커니 선 채로 게임을 구경했다.

가까스로 시간에 맞추어 헐레벌떡 뛰어온 오밤을 마지막 손님으로, 열두 시가 조금 넘어 생일 파티가 시작되었다. 거실에 모여 앉은 아이들의 수는 스무 명에 가까웠다. 드래곤은 첼시에게 초대를 받은 스무 명 안에 자신이 속했다는 것만으로도 이미 배가 부른 느낌이 들었다. 생일 축하 노래를 부르고, 촛불을 끄고, 케이크를 자르고, 차려진 음식을 먹고 마시며 떠드는 시간이 이어졌다. 선물 증정 순서가 돌아오자 아이들은 저마다 준비해 온 선물을 첼시에게 내밀었다.

"오, 이거 멋진데!"

첼시가 포장지를 벗기며 감탄한 선물은 드래곤이 준비한 손목 밴드였다. 비싼 것도 아니고 특별할 것도 없는 손목 밴드를 차고 기뻐하는 첼시를 보며 드래곤은 안도의 한숨을 쉬었다.

"용지호, 고민 좀 했구나? 잘 쓸게."

"아, 아냐. 사실은 첼시 마크 있는 걸 사려고 했는데 배송이 보름 넘게 걸린다고 해서 못 샀어."

"그럼 내년 생일은 보름 전에 공지해야겠다."

"아, 그래. 그러면 내가 미리 주문할게."

"농담이야, 농담."

기분 좋게 활짝 웃는 첼시를 보며 드래곤은 생일 선물 덕분에 첼시와 조금 더 가까워진 기분이 들었다. 스텔스 형에게 아이스크림 한 통 더 사야겠다.

분주하게 음식을 채워 주시는 첼시네 엄마는 교양미가 철철 넘쳐흘렀다. 영화 속 파티에서나 어울릴 법한 우아한 원피스에 찰랑이는 생머리, 하얀 피부에 날씬한 몸매는 대학생이라고 해도 믿을 만큼 젊어 보였다. 거기에다 케이크를 제외한 모든 음식은 첼시 엄마가 직접 만들었다고 했다.

"첼시 아줌마, 요리책까지 내고 텔레비전에도 나오셨대."

"정말? 어쩐지 장난 아니게 맛있더라."

"동안 선발대회 나가셔도 되겠어. 첼시 존나 부럽다."

아이들이 차려진 음식을 신 나게 흡입하며 떠들어 댔다. 드래곤과 오밤도 첼시 아줌마가 부린 마법의 맛에 홀려 흡입의 대열에 적극 동참했다.

"우리 태준이랑 사이좋게 잘 지내요."

첼시 아줌마는 상냥한 존댓말로 아이들의 마음을 하나하나 사로잡았다. 이제는 정말이지 그 누구도 첼시를 좋아하지 않을 수 없게 되었다. 첼시는 엄마마저 완, 벽, 하, 다…….

드래곤은 첼시가 부러웠다. 단지 첼시의 능력이, 우아한 엄마가, 넓은 집이 부러운 것만은 아니었다. 지금껏 상상으로만 존재하는 줄 알았던 '완벽한 행복'이라는 것이 실제로 있었던 것이다. 바로 드래곤의 눈앞에.

'나도 저렇게 행복해질 수 있을까?'

갑자기 머릿속이 복잡해졌다. 남의 생일 파티에서 이게 무슨 청승인가. 빨리 이 처량한 기분에서 탈출해야 한다.

"반장, 너 혹시 ○○초등학교 다니지 않았니? 아까 사진 보니까 그 학교에서 찍은 사진이 많더라?"

오밤이 첼시에게 말을 걸었다. 첼시는 잠시 머뭇거리다 입을 열었다.

"……1년만 다니고 6학년 때 다른 데로 전학 갔었지."

"혹시 5학년 3반이었어?"

"……."

"맞지? 너 나랑 같은 반이었어! 사실 학기 초에 얼굴이 익숙해서 몇 번 물어보려다 말았는데, 금방 전학을 가는 바람에 까맣게 잊고 있었던 거구나. 전학은 왜 그렇게 빨리 갔어? 그때 애들 몇이랑 지금도 가끔 연락하고 그러는데. 너 조기문, 권순식 기억나?"

순간, 첼시의 얼굴이 납처럼 굳었다. 첼시는 부들부들 떨리는 다리를 황급히 두 손으로 눌렀다. 하지만 드래곤과 오밤을 비롯한 아이들 누구도 그런 첼시의 모습을 눈치채지 못했다. 첼시는 애써 태연한 표정을 지으며 오밤에게 되물었다.

"……너 조기문이랑 친했어?"

"그럼, 친하게 지냈지. 지금도 연락하는걸."

"그럼 그때…… 빨간 점퍼가 혹시 너였냐?"

"빨간 점퍼? 그래, 초딩 때 빨간색 야구 점퍼 입었던 것 같다."

"……."

그제야 첼시의 다리가 떨림을 멈췄다. 첼시는 잠시 숨을 골랐다.

"……그래, 그게 너였구나. 모르고 있었네. 정말 모르고 있었네."

첼시의 입꼬리가 샐룩거렸다. 알 듯 모를 듯 묘연한 표정이었다.

"야, 밖에 비 온다."

한 아이의 말에 아이들이 베란다 창문 쪽으로 우르르 몰려가 고개를 빼들었다. 어느새 빗방울이 주차장의 아스팔트를 검게 적시고 있었다. 이런 제길, 역시 엄마 말을 들었어야 했다.

머지않아 장마가 시작될 것이고, 태풍이 몰려올 것이다. 세찬 바람은 드래곤의 자전거를 멈출 것이고, 쏟아지는 비는 첼시가 축구공을 차며 질주하던 학교 운동장을 적실 것이다. 뜨거운 여름은 그렇게 시작되고 있었다.

RACE 7

내가 한 게 아니야

드래곤은 가족과 함께 동네 식당에서 외식을 한 후 학의천 자전거길을 따라 느긋하게 산책을 나섰다. 한우 등심과 된장찌개, 냉면까지 흡입한 드래곤은 복어처럼 불룩 튀어나온 배를 어루만지며 환상적인 주말 저녁을 만끽했다. 토요일 생일 파티에 이어 일요일 가족 동반 외식까지, 꼬리를 물고 이어지는 행복의 끈을 툭 자른 것은 아빠였다.

"아빠가 이번에 회사를 관두기로 했어."

아빠의 중대 발표는 드래곤의 포만감과 행복을 흔적도 없이 날려 버렸다. 회사를 관두다니……? 엄마가 회사를 그만둔 지 1년도 안 됐는데 아빠마저 회사를 그만두면 우리는……? 설마 집을 팔아야 하는 건 아니겠지? 대학은 갈 수 있을까? 짧은 시간 불안감은 눈덩이처럼 불어났다. 드래곤은 물끄러미 손에 들고 있던 싸구려 커피를 바라봤다. 종이컵 안에서 엄마와 아빠, 지희와 드래곤 모두가 손발을 허우적거리며 필사적으로 헤엄치는 모습이 보이는 듯했다.

"회사에서 잘린 거야?"

"아빠가 회사 다닌 지 15년이 넘었거든. 그렇게 되면 희망 퇴직이라는 게 있어."

"오래 있었으니 알아서 나가라는 거?"

"자의 반 타의 반이라고 생각하면 돼."

"그냥 계속 다니면 안 돼?"

"멍청한 소리 그만 좀 해."

지희가 퉁명스럽게 끼어들었다.

"진짜 너, 참는 데도 한계가 있는 거야."

"못 참으면 어쩔 건데?"

오가는 말이 험해지자, 아빠는 으르렁거리는 남매를 양팔로 감싸 안았다.

"지호랑 지희, 아빠 걱정돼서 그러는 거 다 알아. 누울 자리 보고 다리 뻗는다는 말 알지? 아빠가 아무 대책 없이 그만두는 건 아냐. 아빠랑 같이 퇴직하는 동료 몇이랑 작은 회사를 차릴 생각이야."

"그럼 아빠가 사장 되는 거야?"

"사장은 모르겠고, 대표이사쯤은 되겠지. 하하."

아빠의 말에 드래곤은 애써 불안한 마음을 진정시켰다.

"당신도 이리 와."

아빠가 엄마의 어깨를 끌어당겼다. 엄마도 말없이 드래곤 군단에 합류했다.

"우리 네 식구 이렇게 안아 본 지가 얼마 만이야? 지희 초등학교 졸업식 이후 처음인가? ……아빠 일은 걱정할 것 전혀 없으니까, 지희랑 지호도 평소처럼 열심히 공부하고, 학교생활 잘하면 돼."

"귀찮아 죽겠는데 억지로 나왔더니, 이게 뭐야? 짜증 나."

"그래, 아빠가 잘못했어. 앞으론 좋은 일 있을 때만 외식하자. 그럼 되지?"

아빠의 말에 지희는 말없이 고개만 끄덕였다.

"그리고 지호는 자전거 조심해서 타고 다니고, 지희는 엄마랑 오빠한테 조금만 상냥하게 대하고. 알았지?"

"알았어. 아빠도 힘내."

애써 태연한 척 아빠를 격려하긴 했지만, 드래곤의 발걸음은 여전히 무거웠다. 그때 갑자기 따릉따릉 요란한 벨 소리가 뒤통수를 때렸다.

"길을 다 막고 계시면 어떡해요!"

환하게 라이트를 밝힌 자전거 라이더의 볼멘소리에 네 사람은 양 갈래로 흩어져 길을 비켜 주었다. 드래곤 군단의 짧고 아쉬운 합체 시간이었다.

월요일의 교실은 평소와 다를 바 없었다. 한쪽에서는 어젯밤에 벌어진 첼시와 아스날의 런던 더비에 대한 열띤 논쟁이 펼쳐졌고, 다른 한쪽에서는 아이돌의 대세는 누구냐, 올여름 사복 패션 트렌드는 어떻게 될 것이냐를 놓고 수다가 오갔다. 시끄럽지만 항상 보아 왔던 익숙한 풍경, 그 소란스러운 평화를 깬 것은 효주였다.

"내가 그렇게 우습게 보여? 너희들 사람 잘못 건드렸어. 두고 봐. 다 복수할 거야!"

점심시간이 끝날 무렵 효주가 바락바락 소리를 질러 대기 시작했다.

"왜 또 저래?"

"몰라, 냅둬."

반 아이들은 행여 효주와 눈이 마주칠까 고개를 돌린 채 수군거렸다. 효주는 마구잡이로 화를 쏟아 냈지만 그것이 특정한 누군가에게 하는 말인지, 아니면 반 아이들 모두에게 외치는 말인지 도무지 알 수 없었다.

"씨발, 다 죽어 버려!"

급기야 효주는 분을 삭이지 못하고 교실 뒤 쓰레기통을 발로 걷어찼다. 쓰레기가 사방에 흩어져 난장판이 되자 그제야 첼시가 나섰다.

"이효주, 왜 그래?"

"내가 뭘? 나한테 무슨 문제 있어?"

"몰라서 물어? 그러니까 이제 그만해."

"헐, 그러셔? 내 문제가 뭔데? 네가 뭘 아는데?"

"교실에서 이러지 말고, 잠깐 밖에 나가서 진정해."

"아니, 난 지금 여기서 내 문제가 뭔지 알아야겠는데? 말해보라니까?"

"지금 최대한 널 배려해서 말하는 거야. 다들 참는 데도 한계가 있어."

"배려? 존나 쿨한 척하네. 내가 그깟 생일 파티 못 갔다고 이러는 줄 알아? 상관하지 말라고. 알아들었어?"

생일 파티에 초대받지 못한 것 때문이었나. 드래곤은 효주가 무서우면서도 한편으로는 측은했다.

"다 죽어 버리라고!"

효주가 갑자기 교실 뒤에 걸려 있는 거울을 향해 의자를 집어 던졌다. 와장창! 날카로운 거울 조각이 여자아이들의 비명과 뒤섞여 교실 바닥에 산산이 흩어졌다. 교실 안은 아수라장이 되었다.

"용지호, 교무실 가서 담임 불러와."

첼시가 드래곤을 향해 말했다. 첼시의 갑작스러운 지명에 놀란 드래곤이 화들짝 교무실을 향해 뛰어나갔다. 놀란 것은 드래곤만이 아니었다. 첼시의 심부름은 항상 록바의 몫이었다. 이미 교무실로 달려갈 준비를 하고 있던 록바에게, 첼시의 선택은 상상 이상의 충격이었다.

하필 담임 선생님은 교무실에 없었다. 드래곤이 담임 선생님의 책상 앞에서 안절부절못하고 있을 때, 마침 건너편 책상에 앉아 있던 국어 선생님과 눈이 마주쳤다. 그래, 국어 선생님이라면 도움을 청할 수 있을 거야. 아냐, 지금 국어 선생님은 임신 중이잖아. 아아, 이 일을 어쩌면 좋지!

"지호야, 무슨 일이니?"

국어 선생님이 자신의 이름을 불러 주자 드래곤은 깜짝 놀랐다. 국어 선생님이 내 이름을 알고 있다니. 하지만 감동과 희열은 잠시 뒤로 미루자.

"저희 반 교실에서 여자애 한 명이 난동을 피워요."

"11반이면 혹시 효주가 그러니?"

"아, 네."

"가 보자꾸나. 으차."

국어 선생님이 책상에 손을 짚으며 의자에서 일어났다. 국어 선생님과 함께 복도를 걷는 내내 드래곤은 기분이 좋았다. 국어 선생님은 모든 걸 알고 있다. 드래곤의 이름도 알고, 몇 반인지도 알고, 효주도 알고 있다. 누군가 나를 알고 있다는 사실, 나를 알아준다는 기쁨, 그것만으로도 충분히 자신의 존재가 빛나고 있는 것 같았다. 교실이 가까워지자 여전히 시끄러운 소리가 들려왔다. 야속하게도 국어 선생님과의 데이트는 이것으로 끝이다.

"하여간 요샌 중딩들이 제일 무섭다니까."

꿍따리 아저씨의 탄식이 늦은 밤 무지개다리에 울려 퍼졌다. 이런저런 이야기를 나누다 오늘 드래곤의 교실에서 벌어진 사건이 화제에 오른 터였다.

드래곤은 무지개다리 멤버들에게 학교나 집에서 있었던 일들을 조금씩 터놓고 이야기하기 시작했다. 가족과 선생님, 친구들은 하나의 거대한 네트워크다. 보이지 않는 끈과 끈으로 사이사이 연결되어 있어서 누구 하나와 비밀스러운 이야기를 나누어도 결국은 모두에게 전해지게 된다. 하지만 무지개다리는 망망대해에 홀로 자리한 섬처럼 완전히 독립된 세계였다. 무지개다리 멤버들은 단지 길 위에서 우연히 만난 사람들일 뿐, 어떤 선입견도 편견도 없는 편안한 관계였다. 무지개다리에서 나누는 이야기들은 마치 익명 게시판에 남기는 비밀 글과 같았고, 드래곤은 자신도 놀랄 만큼 솔직하게 자신의 속마음을 드러내 놓았다.

"국어 선생님은 아이들과 개별 상담을 하실 때 손톱 검사를 하세요."

"손톱 검사?"

"아이들 손톱이 지저분하면, 손톱을 깎아 주면서 상담을 하시거든요."

"오호, 자연스러운 스킨십으로 대화를 풀어 나간다는 말이지? 요즘 세상에도 그런 선생이 있다니, 노래기가 놀랄 일일세!"

"참 좋은 선생님이네요. 교실이 무너졌다, 교권이 추락했다, 이런저런 말들도 많지만 그런 분들이 있으니 희망이 살아 있는 거겠죠."

꿍따리 아저씨와 하이바 아저씨의 꼰대스러운 말이 오가는 사이에, 드래곤은 오늘 학교에서 있었던 일들을 떠올렸다.

국어 선생님이 교실에 들어오자 효주는 성난 행동을 멈췄다. 국어 선생님은 어깨를 토닥이며 효주를 교실 밖으로 데리고 나갔다. 효주가 나가자 언제 그랬냐는 듯 교실 안은 다시 축구와 연예인 이야기로 시끄러워졌다. 누구도 효주를 걱정하거나 신경 쓰지 않았다. 효주는 마치 유령 같은 존재인 걸까? 그 순간 드래곤은 반년 가까이 지내 왔던 교실이 너무나 낯설게 느껴졌다.

'친구란 뭘까?'

혼자 남겨지는 것은 무서운 일이다. 드래곤은 갑자기 가슴이 답답해지고 숨이 막혀 와 교실을 빠져나왔다. 복도 창문 밖으로 벤치에 앉아 있는 국어 선생님과 효주의 모습이 보였다. 효주는 화를 내다가 갑자기 울음을 터뜨리고, 다시 과장되게 웃기도 했다. 국어 선생님은 효주를 꼭 안아 주었다. 국어 선생님이 손톱깎이를 꺼내 효주의 손톱을 깎아 주자 효주는 평온한 표정을 되찾았고, 짧고 강렬했던 소동은 그렇게 마무리되었다.

"효주란 아이는 마음에 병이 있는 것 같아."

효주가 정말 그런 걸까? 드래곤의 마음이 무거워졌다.

"학교 얘기 그만해요. 재미없어."

항상 밝은 표정으로 수다를 떨던 평소와 달리 내내 저기압이던 스텔스 형이 입을 열었다. 그럴 수밖에 없는 것이 스텔스 형은 지금 왼손에 깁스를 하고 있었다. 고난도 기술인 360 테일휩을 시도하다 넘어져서 기어이 손목에 금이 가고 만 것이다.

"드래곤이 말한 선생 같은 사람, 난 한 번도 본 적 없거든요? 학교라면 치가 떨려요. 선생들한테 두들겨 맞고 차별당한 기억밖엔 없으니까."

"스텔스, 학교 다닐 때 사고 많이 치고 다녔구나? 그러니까 두들겨 맞지."

꿍따리 아저씨의 말에 스텔스 형은 절레절레 고개를 저으며 항변했다.

"사고 치는 애들은 차별해도 돼요?"

그러고 보니 스텔스 형은 학교를 자퇴했구나. 형도 떠올리기 싫은 과거가 있겠지. 드래곤은 앞으로 스텔스 형 앞에서는 되도록 학교 얘기를 하지 말아야겠다고 생각했다.

"그런데 갑자기 그런 생각이 드네. 손톱깎이를 여러 사람이 쓰면 비위생적이잖아. 병균이라도 옮기면 어쩌려고 그러지?"

"매번 알코올로 소독하신다니까 걱정 마세욧!"

"오호, 그 선생 천잰걸? 우하하하."

드래곤을 놀리는 재미에 꿍따리 아저씨의 웃음소리가 커졌다. 무지개다리 모임은 대부분 꿍따리 아저씨의 서푼짜리 개그로 마무리되었다.

집으로 돌아온 드래곤은 책상 앞에 앉아 학원에서 받은 기말고사 대비 문제집을 폈다. 이제 아빠는 회사를 그만둘 것이고 집안 형편은 더 어려워질 가능성이 매우 높다. 이제부터는 공부를 잘해서 등록금이 싼 국공립대를 목표로 하는 수밖에 없다.

'오늘 학교에서 있었던 일은 빨리 잊자.'

드래곤의 눈꺼풀이 무겁게 내려앉았다. 여름은 좋은 계절이 아니다. 밤이 너무 짧아져 잘 수 있는 시간이 줄어드니까.

"용지호, 우리 축구 모임에 들어와라."

첼시가 드래곤에게 축구 모임 가입을 권유했을 때, 드래곤은 당황스러우면서도 무척 기분이 좋았다. 그러지 않아도 생일 파티 이후 첼시가 드래곤에게 말을 거는 일이 부쩍 늘었다. 반 행사 때 나름 중요한 직책을 맡기기도 했고, 수다를 떨거나 축구를 할 때에도 꼬박꼬박 드래곤을 끼워 줬다. 축구 모임을 함께 한다는 건 단지 첼시와 친하게 지내는 차원을 넘어서 첼시 패거리의 공식 멤버가 되는 것을 의미했다.

"나도 주중엔 학원 다니니까 걱정하지 않아도 돼. 토요일이나 일요일에 애들끼리 시간 맞춰서 연습도 하고 경기도 하니까 공부에는 지장 없을 거야."

"너도 알겠지만 난 개발인데……."

"처음부터 잘하는 사람이 어딨어? 연습하면 금방 늘어. 내가 보기에 넌 자질도 충분해. 너 은근히 다리 튼튼한 것 같더라. 어디 좀 만져 보자."

첼시가 의자에 앉아 있던 드래곤의 다리를 주물럭거리자 드래곤은 수줍게 다리를 뺐다.

"장난 아니게 단단하잖아. 너 무슨 운동하냐?"

"따로 하는 건 없고 그냥 자전거 타고 다녀서 그런가 봐."

"어때? 우리 축구 모임 들어오는 거지?"

"그, 그래. 하지 뭐."

"들어올 땐 마음대로지만, 나갈 땐 아니란다."

"하하, 그건 엉덩국 얘기지. 나도 인터넷에서 봤어."

드래곤은 첼시와 농담을 주고받으며 첼시 왕국의 입성을 자축했다. 물론 록바 같은 몇몇 꼴사나운 녀석이 드래곤의 가입을 탐탁지 않아 했지만, 첼시는 특유의 카리스마로 이견을 잠재웠다.

일요일 아침, 드래곤은 설레는 마음으로 축구 연습이 있는 초등학교 운동장을 찾았다. 운동장에는 스무 명 가까운 아이들이 팀을 나누고 있었다. 멤버는 같은 반 아이들이 대부분이었지만, 축구 좀 한다는 다른 반 아이들도 몇몇 끼어 있었다. '첼시 클럽'은 전후반 30분씩 풀타임 게임을 하고, 교회에 다니는 아이들이 빠진 후에는 한 시간 동안 패스와 드리블 연습을 했다. 두 시간이 넘게 축구를 하니 드래곤의 입에서 단내가 풍기고 다리와 허리도 뻐근해졌다. 자전거는 두 시간이 넘게 타도 이렇게 피곤한 적은 없었는데, 확실히 축구를 할 때와 자전거를 탈 때 사용하는 근육은 전혀 달랐다.

드래곤은 이렇게 많은 아이들과 오랜 시간 어울린 것이 태어나서 처음이었다. 록바를 비롯해 여전히 말 한마디 붙이지 못한 친구도 있긴 하지만, 드래곤은 모처럼 튼튼한 울타리 속에서 안전하게 보호받고 있는 한 마리 양이 된 것 같은 기분이 들었다.

"부탁이 있는데, 첼시한테 말 좀 전해 줄래?"

축구 모임을 시작하고 며칠 뒤, 학교에서 만난 오밤이 평소와는 다른 어두운 표정으로 드래곤에게 말을 걸었다.

"무슨 말인데?"

"나도 축구 모임에 가입하고 싶다고 말해 주면 안 될까?"

"직접 얘기하면 되잖아."

"요즘 첼시가 자꾸 날 피하는 것 같아서."

"첼시가 왜 널 피해?"

"어쨌든 얘기 좀 해 주라. 요즘 네가 첼시랑 친하게 지내는 것 같아서 부탁하는 거야."

"그래, 알았어."

"고맙다."

"고마울 게 뭐가 있어. 친구 사이에."

점심시간이 되자 드래곤은 서둘러 급식을 먹어 치우고 첼시 패거리들과 어울려 운동장을 누볐다. 드래곤은 운동장 스탠드 한구석에 쭈그려 앉아 축구를 구경하는 오밤이 신경 쓰여 몇 번이나 헛발질을 했다. 그럴 때마다 록바의 욕설이 튀어나왔지만, 욕은 들으면 들을수록 무뎌진다고 했던가. 이제는 별로 신경 쓰이지 않았다.

"범규가 축구 모임 들고 싶다고 하던데. 어때?"

축구가 끝난 후 드래곤은 세면대에서 얼굴을 씻는 첼시에게 다가가 말했다. 첼시는 대꾸 없이 수건으로 얼굴을 닦았다. 못 들었나? 드래곤이 재차 말했다.

"범규가 축구 모임에 들고 싶다고 전해 달래."

"안 돼."

첼시의 말투는 단호했다.

"인원이 너무 많아서 그런 거야?"

"네가 왜 그걸 대신 부탁하는 거야?"

"범규가 나랑 친하니까, 얘기해 달라고 해서."

"그럼 이제부터 그 새끼랑 친하게 지내지 마."

"뭐?"

"그 새낀 네가 상상할 수 없을 만큼 나쁜 놈이야."

드래곤은 자신의 귀를 의심했다.

"범규 말로는, 요즘 네가 자기를 피한다고……."

"피해? 내가 그 새끼를 피한다고?"

"그렇게 말하더라."

"용지호, 잘 들어. 앞으로 그 새끼랑 어울리지 마. 친구로서 충고하는 거야. 알았어?"

점심시간이 끝나는 종이 울리자 아이들이 학교 건물 안으로 우르르 달려 들어갔다. 첼시도 차갑게 자리를 떠났다. 첼시와 오밤 사이에 무슨 일이 있었던 것일까?

첼시의 '충고'는 단지 드래곤에게만 전해진 것이 아니었다. 오밤의 개그에 곧잘 웃어 주던 반 아이들도 오밤의 말 한마디, 행동 하나하나를 무시하기 시작했다. 그나마 여자아이들은 유치하다는 둥 재미없다는 둥 핀잔이라도 주었지만, 첼시의 직접적인 영향권에 속한 남자아이들은 철저히 오밤을 무시했다.

'왕따!'

드래곤의 머릿속에 불현듯 그 단어가 떠올랐다. 오밤이 뭔가 잘못한 일이 있는 걸까? 설령 오밤에게 잘못이 있다고 해도, 그것이 결코 왕따를 정당화하는 이유가 될 수는 없었다.

아이들에게 외면받고 무시당하는 일이 반복되면서 오밤은 점점 말수가 적어지고 자신감을 잃어 갔다. 이제 오밤과 대화를 나누는 친구는 오직 한 사람, 드래곤뿐이었다. 첼시의 '충고'에도 불구하고 드래곤은 여전히 오밤을 믿고 있었다. 오밤은 절대 나쁜 애가 아니야. 조금 시끄럽긴 하지만 다른 사람에게 피해를 준 적도 없어. 그래, 무슨 오해가 있을 거야.

"용지호, 햄버거 게임 하자!"

쉬는 시간 드래곤이 오밤과 잠시 잡담을 나누기라도 하면, 첼시 패거리 중 누군가가 구실을 만들어 둘을 떼어 놓았다. 드래곤이 이러지도 저러지도 못하는 난처한 상황에 빠지면 오밤이 먼저 슬그머니 자리를 떴다. 오밤이 교실 밖으로 나간 후엔 첼시 패거리들도 더는 드래곤을 찾지 않았다.

드래곤은 잠시 첼시 패거리의 눈치를 살피다 슬며시 교실을 빠져나와 오밤을 찾았다. 오밤은 2층 계단에 홀로 우두커니 앉아 있었다. 드래곤이 오밤 옆에 나란히 앉아 긴 한숨을 쉬며 말했다.

"도대체 다들 왜 저러는 거야?"

"……첼시가 시킨 것 같아."

"첼시가 너한테 왜 그러는지 몰라?"

"몰라."

"정말 몰라?"

"몰라."

"첼시랑 얘기해 봤어?"

"아니."

"혹시 첼시한테 뭐 잘못한 거 없어?"

"없어."

"어휴, 이게 도대체 뭐야. 나도 뭐가 뭔지 모르겠다."

"내가 어떻게든 알아서 할 테니 용지 넌 신경 쓰지 마."

오밤이 자리에서 일어나 터덜터덜 무거운 발을 끌며 교실로 향했다. 계단에는 드래곤만 덩그러니 남겨졌다.

학교 수업이 끝나고 드래곤은 학교 건물 뒤편의 자전거 보관소로 향했다. 오늘은 도무지 달릴 기분이 아니다. 누군가 도전해 온다고 해도 오늘만은 그냥 모른 체 지나치고 싶다.

"도대체 왜 이러는지 이유나 알자."

오밤의 목소리에 드래곤이 걸음을 멈추고 황급히 몸을 숨겼다. 드래곤은 벽에 몸을 바짝 붙인 채 고개를 빼꼼 내밀었다. 오밤과 첼시였다. 첼시는 하필 포데로사의 안장을 만지작거리며 오밤의 말을 듣고 있었다.

“나한테 왜 자꾸 이러는 거야? 내가 뭐 기분 나쁘게 한 거 있어?”

“……정말 몰라?”

“모른다니까. 내가 잘못한 게 있으면 얘기해 줘. 확실하게 사과할게. 오해를 풀자니까.”

“조기문, 권순식. 그 새끼들이랑 친했다면 나한테 했던 짓을 모를 리 없을 텐데?”

“그게 무슨 소리야?”

기억조차 하기 싫은 몇 년 전의 일이, 첼시의 눈앞에 하나하나 선명하게 펼쳐졌다. 역겨운 얼굴, 수치스러운 욕설……. 첼시는 어금니를 꽉 깨문 채 식은땀을 흘리고 있었다. 한동안 잊고 있었던, 잊고자 무던히도 애를 썼던 그 느낌. 머리카락이 쭈뼛 서는 듯했다.

첼시의 굳은 표정에 오밤은 당황한 듯 말을 이었다.

“그, 그때 그 애들이 널 괴롭히기라도 했어? 하지만 혹시 그랬다고 해도 그게 나랑 무슨 상관이야?”

“너도 그때 거기에 있었어.”

“아냐. 난 그런 적 없어. 네가 오해한 거야!”

“빨간 점퍼, 너도 있었어. 지금처럼 까불고 희뜩거리면서 웃고 있었어.”

“정말 아니야. 난 정말 안 그랬어. 조기문, 권순식이랑 친하긴 했지만 그런 짓을 하진 않았어. 믿어 줘."

"때린 놈이야 기억 못 하겠지. 하지만 맞은 놈은 아니거든? 아주 똑똑히 기억해."

"그럴 리가 없어. 그리고 첼시 네가 왕따 같은 걸 당할 이유가 없잖아."

"그땐 키도 작고 약했으니까. 병을 달고 살았고 학교도 자주 빠져서 공부도 못했어. 항상 교실 맨 앞자리에 앉아 있었고 체육 시간이면 교실에 남아 책가방을 지켰지. 이제 기억나지? 그때 그 찐따새끼가 바로 나야. 내가 왜 도망치듯 전학을 갔는지도 이제 알겠지?"

"진짜 몰랐어. 난 정말 결백해! 내가 어떡하면 되는 거야? 태준아, 내가 잘못한 게 있다면 진심으로 사과할게. 정말 미안해."

첼시가 오범의 손을 뿌리쳤다. 첼시를 따라가는 오범의 뒷모습은 길 잃은 아이처럼 절박해 보였다. 두 사람이 완전히 사라진 후에야 드래곤은 포데로사의 자물쇠를 열 수 있었다. 첼시가 주물럭거렸던 안장이 축축하게 젖어 있었다. 첼시의 손에 고여 있던 땀인가……. 입 속의 침이 마르고 속이 울렁거렸다. 누구보다도 완벽해 보였던 첼시에게 그런 상처가 있을 줄은 상상조차 하지 못했다. 더구나 첼시가 말한 오범의 과거도 믿을 수 없었다. 설마 오범이? 그럴 리가 없는데.

'이제부터 난 어떻게 해야 하지?'

복수심에 불타는 첼시가 두렵고, 억울한 누명을 쓴 듯한 오밤도 불쌍했지만, 두 사람 사이에 엉거주춤 끼어 있는 자신의 처지도 당혹스러웠다. 둘이서 화해하는 방법은 없을까? 고민해 봐야 드래곤이 할 수 있는 일은 아무것도 없었다. 이런 살벌한 싸움 속에 끼어들 만한 용기는 애초부터 없었으니까.

RACE 8
풀링*

대한민국에서 가장 집값이 비싸다는 동네를 지나면서 드래곤에게 성가신 도전자가 따라붙었다. 처음엔 그럭저럭 추격해 오는가 싶더니 이내 뒤로 처져 버렸다. 평소라면 이대로 레이스가 끝나는 것이 정상이었다. 하지만 드래곤이 잠시 속도를 늦추면 도전자는 쉬지 않고 페달을 밟아 드래곤과 거리를 좁혔다. 평소의 드래곤이었다면 뒤도 돌아보지 않고 바람과 함께 사라졌을 테지만, 꾸역꾸역 레이스를 펼치는 도전자에게 왠지 그런 승부욕이 발동하지 않았다. 도전자의 자전거는 작고 예뻤다. 아동용

*여러 사람이 팀을 이루어 라이딩을 할 때 선두로 달리는 것은 불리하다. 속도가 빨라질수록 맨 앞의 라이더가 공기의 저항을 많이 받기 때문이다. 그래서 보통 일정 시간마다 선두를 교대한다. 이렇게 선두에 서서 동료의 바람막이가 되어 주는 것을 **풀링(Pulling)**이라고 한다.

자전거보다 작은 바퀴, 부드러운 곡선의 베이지색 프레임, 리본 모양의 특이한 핸들과 길쭉한 안장 포스트, 또르르르 귀뚜라미가 노래하는 것 같은 내장 기어 특유의 소음. 드래곤도 미니벨로 동호회 사이트에서 본 적이 있는 자전거였다. 도전자는 느릿느릿, 엉금엉금, 뒤뚱뒤뚱 드래곤을 추격했다. 드래곤은 이 대책 없는 도전자의 속도에 맞춰 천천히 페달을 밟다가 그만 중심을 잃고 몇 번을 비틀거렸다. 스텔스 형이나 꿍따리 아저씨가 이 꼴사나운 장면을 봤다면 백만 스물두 번은 놀려 댔을 것이다.

"오오!"

가까스로 무지개다리에 도착했을 때, 꿍따리 아저씨와 하이바 아저씨, 스텔스 형이 드래곤을 뒤따르는 도전자를 발견하곤 한목소리로 탄성을 질렀다. 송골송골 땀방울이 맺혀 있는 희고 동그란 이마, 찰랑찰랑 물결치는 검고 긴 머리카락, 순정 만화에서나 볼 수 있는 짙은 눈썹과 크고 똘망똘망한 눈, 한눈에 봐도 예쁜 여자애였다.

"이 사람이 드래곤 맞나요?"

눈이 마주치자 드래곤의 두 귀가 발갛게 달아올랐다. 효주를 빼곤 여자아이들과 단 몇 마디 말조차 나눠 본 적 없는 드래곤은, 처음 보는 여자아이에게 주목을 받자 얼굴이 화끈거렸다.

"드래곤을 알아?"

"그냥 어쩌다 들었어요."

"드래곤, 이젠 양재천 유명 인사가 되었는걸? 아무래도 방송국에 제보해야겠어. 인적이 끊어진 으스스한 이곳, 한밤중의 양재천에는 지금 이상한 소문이 떠돌고 있다는데! 제보를 받고 출동한 제작진은 두 눈을 의심했다. 그곳에는 160센티미터가 넘는 흑룡 한 마리가 미친 듯이 달리고 있었던 것이다! 으히히!"

새로운 멤버, 그것도 바라 마지않던 여성 멤버의 등장에 꿍따리 아저씨가 평소보다 몇 배는 더 경박하게 드래곤을 놀렸다.

지금껏 무지개다리엔 네 명의 멤버 외에도 수많은 라이더들이 머물다 떠나갔다. 물론 그중에는 여성 라이더도 있었다. 드래곤의 전설을 듣고 호기심에 찾아온 라이더도 있었고, 단지 여기쯤에서 쉬어 가자는 생각으로 우연히 머문 라이더도 있었다. 하지만 이 시시하고 제멋대로인 모임에 끝까지 남은 것은 결국 네 사람뿐이었다.

"그냥 어린애잖아."

여자애는 두건을 쓴 드래곤의 얼굴을 빤히 쳐다보며 실망스럽다는 말투로 중얼거렸다. 드래곤은 고개를 푹 숙였다. 멋지지 못해서 미안해.

"브롬톤이군요. 자전거가 정말 멋지네요."

하이바 아저씨가 여자애의 자전거를 보고 웃으며 말했다.

"브롬톤은 세상에서 가장 작게 접히는 자전거라고 하죠."

"그래요? 한 번도 접어 본 적은 없어요."

"그럼 말이 나온 김에 한번 접어 볼까요? 그래도 되겠죠?"

여자애는 순순히 하이바 아저씨에게 자전거를 내주고 자신의 자전거가 점점 작아지는 모습을 지켜보았다. 브롬톤은 다 펴진 채로도 아름다웠지만, 사과 상자 크기로 접힌 모습은 경이로울 정도였다.

"이 자전거를 만든 사람은 정말 자전거를 사랑하는 사람일 거예요. 진심으로 사랑하지 않고서는 이런 멋진 자전거를 만들 수 없죠. 그런데 정말 브롬톤을 한 번도 접어 본 적이 없었단 말인가요?"

"굳이 접어야 할 이유가 없었으니까요."

"브롬톤은 속도가 빠르진 않지만, 다른 자전거보다 훨씬 멀리 갈 수 있어요."

"어째서요?"

"이렇게 접어서 자동차나 기차에 싣고 여행을 떠날 수 있으니까요."

하이바 아저씨의 말에 여자애의 눈이 반짝였다. 여자애는 낯선 사람들에 대한 경계가 조금은 풀어졌는지 네 사람(엄밀히 말하자면 여자아이 앞에서 고생대 삼엽충 화석처럼 굳어 버린 드래곤을 제외한 세 사람)과 이런저런 이야기를 나누었다. 여자애는 드래곤과 같은 중학교 3학년이고, 바이올린과 콘트라베이스를 배우는 예고 입시 준비생이었다.

"콘트라베이스라니, 그 집채만 한 악기 맞지? 그걸 어떻게 들고 다녀?"

"아빠 차로요."

"어, 그래."

꿍따리 아저씨는 겸연쩍은 표정으로 고개를 끄덕였다. 하이바 아저씨가 물었다.

"두 가지 악기를 동시에 배우면 힘들지 않나요?"

"아마 예고에 진학하면 콘트라베이스를 하게 될 거예요. 연주자가 적어서 대학에 가기 쉽거든요. 제 생각은 아니에요. 아빠가 그렇게 말했어요."

"그렇군요. 우린 항상 여기서 모여요. 아, 모인다기보다는, 늘 누군가 한두 사람쯤은 노닥거리고 있으니까 심심하면 놀러 와요. 친구들이랑 와도 좋고."

"친구는 없어요. 자전거를 타는 애는 저 혼자뿐이에요."

"그것참 이상하단 말이지. 왜 여자아이들은 자전거를 안 타는 걸까? 얼굴이 탈까 봐 그러는 건가?"

"넘어져서 상처 나는 게 싫은 거예요."

꿍따리 아저씨의 물음에 알 듯 말 듯 한 답변을 남긴 채 여자애는 무지개다리를 떠났다. 한마디 말도 주고받지 못한 것이 못내 아쉬웠지만, 드래곤은 자기 말고도 자전거를 즐겨 타는 또래 친구(그것도 예쁜 여자아이!)가 있다는 사실이 내심 기뻤다.

"흠, 저 애는 츤데레가 틀림없어."

여자애가 떠난 뒤, 스텔스 형이 깁스한 손을 턱에 괸 채 심오한 표정으로 중얼거렸다.

"춘달이? 그게 뭐야, 스텔스?"

"겉으로는 쿨한 척하지만 사실 속마음은 여리고 따뜻한 사람이죠."

"난 모르겠는걸. 그냥 새침데기 같은데."

"후후, 꿍따리 아저씨는 사람 보는 눈이 없으시군요. 보통의 새침데기들은 의심이 많고 계산적이죠. 이런 이상한 무리에 절대 접근하지 않는다고요."

"저도 스텔스 생각과 같아요. 저 아이는 누군가와 얘기하고 싶어 하는 것 같았어요."

스텔스 형과 하이바 아저씨의 말처럼 여자애는 다음 날 무지개다리에 나타났고 그다음 날, 그 다다음 날도 마찬가지였다. 이후 새 멤버에게도 하루빨리 별명이 필요하다는 의견에 따라, 갑론을박 끝에 여자애의 이름은 '로미'가 되었다. 자전거 '브롬톤'의 애칭 '브롬이'가 '브로미'로 바뀌고, 거기서 다시 '로미'가 된 것이다. 로미는 굳이 이름을 따로 짓는 이유를 모르겠다며 시큰둥한 반응을 보였지만, 새 이름이 그리 싫지 않은 표정이었다. 로미는 이제 무지개다리의 다섯 번째 멤버가 되었다.

"내 필통 본 사람 없어?"

오밤의 말에 아무도 대답하지 않았다. 없어진 것은 필통만이 아니었다. 지우개, 볼펜, 샤프, 문제집과 슬리퍼 등 오밤의 것이라면 크고 작은 것을 가리지 않고 자취를 감추기 일쑤였고 어떤 날은 체육 시간에 갈아입은 옷이 화장실 변기에 처박혀 있었다. 그게 누구의 짓인지 오밤은 물론 드래곤도 충분히 짐작할 수 있었지만, 화를 낼 수도 없었고 하소연을 할 곳도 없었다. 오밤은 그저 하루하루 고통을 참으며 버틸 뿐이었다. 오밤의 얼굴에서 웃음이 사라졌다. 개그맨을 꿈꾸던 명랑한 소년은 교실에서 완전히 지워져 가고 있었다.

드래곤은 오밤에게 아무런 힘이 되어 주지 못하는 나약한 자신이 미웠다. 섣불리 나서서 오밤의 편을 들어 준다면 드래곤도 오밤처럼 왕따를 당하게 될 것이 분명했다. 드래곤은 주위의 시선이 두려워서 오밤에게 말 한마디 붙이지 못하는 자신이 한심하고 또 한심했다.

"지호야, 무슨 일 있니?"

저도 모르게 교무실 앞을 서성이던 드래곤에게 국어 선생님이 말을 걸어왔다.

"아, 아뇨. 그냥요."

"싱겁긴."

"선생님, 아기 언제 낳으세요?"

"글쎄? 예정일은 9월인데. 언제 나오려나?"

"그럼 그때 학교 쉬시는 거예요?"

"9월 전후로는 그렇겠지?"

드래곤은 국어 선생님의 불룩한 배를 보았다. 담임 선생님께 말씀드려 볼까? 아니, 그랬다간 더 심각한 문제가 생길지도 모른다. 첼시는 말썽과는 거리가 먼 모범생이다. 모든 일에 솔선수범하고 반의 리더 역할을 충실히 해 왔기 때문에, 선생님들의 신뢰는 물론 친구들에게도 인기가 많다. 주변에 록바와 같은 껄렁한 똘마니들이 있다고 해도 그 녀석들 역시 대놓고 다른 친구를 괴롭히진 않는다. 있는 그대로를 말하면 선생님께서 내 말을 믿어 줄까? 만에 하나 내 말을 사실대로 믿어 준다고 해도 과연 첼시에게 벌을 줄까? 아니, 그럴 가능성은 거의 없다. 만약 그렇게 되면 나는 어떻게 될까? 중학교 내내 첼시 패거리들을 피해 쥐 죽은 듯 숨어 있거나 도망쳐 다녀야겠지. 불가능해. 도저히 그럴 자신이 없어.

"어디 뒤에서 내 욕을 하고 다녀? 내가 그렇게 만만해?"

드래곤이 터덜터덜 발을 옮겨 교실로 들어왔을 때, 효주의 목소리가 조용한 교실에 쩌렁쩌렁 울렸다.

'또 시작하셨네.'

'신경 꺼. 괜히 잘못 건드리면 또 지랄한다.'

아이들의 생각이 짜증 섞인 한숨에 묻어 나왔다. 효주는 어수

선한 분위기에 아랑곳하지 않고 계속 빈정거렸다.

"비겁한 새끼들, 그렇게 살면 좋아?"

"이효주, 그만해. 누가 널 욕했다고 그래?"

우리들의 위대한 리더 첼시가 나섰다.

"너나 그만하시지. 뭘 안다고 참견이야?"

"너한테 관심 있는 사람 아무도 없으니까, 떠들고 싶으면 밖으로 나가."

"나가라면 못 나갈 것 같아?"

효주가 아예 책가방을 싸 들고 나가 버리자, 아이들은 피식거리며 저마다 한마디씩 효주를 비난했다.

'비겁한 새끼들.'

효주가 했던 말이 드래곤의 가슴을 날카롭게 들쑤셨다. 비겁한 새끼들……. 그 속엔 나도 있는걸. 답답하고 아팠다. 누군가에게라도 털어놓지 않으면 가슴속 응어리가 곪아 문드러져 다 썩어 버릴 것만 같았다.

드래곤은 학교에서 있었던 일들을 무지개다리 멤버들에게 상세히 고백했다. 아직 제대로 된 대화조차 해 보지 못한 로미에게 이런 비굴한 모습부터 보이는 것은 정말 부끄러운 일이지만, 드래곤은 당장 힘이 되어 줄 한마디가 절실했다. 멤버들은 때론 고개를 끄덕이며, 때론 깊은 한숨과 함께 고개를 저으며 드래곤의 이야기를 진지하게 들어 주었다.

"결론은 드래곤이 첼시에게 이용당한 거네."

스텔스 형의 말에 드래곤은 충격을 받았다. 이용당한 거라니. 그렇다면 첼시가 나와 친해진 이유가 오밤을 고립시키기 위함이었다는 건가? 첼시에게 내 존재가 고작 이 정도였단 말인가?

"선생님께 말씀드리는 게 좋지 않을까?"

하이바 아저씨가 걱정스러운 눈빛으로 말했다.

"선생들이 문제를 해결할 수 있다고 생각해요? 그 사람들은 그런 귀찮은 일 따윈 신경도 안 써요. 그냥 덮으려고만 할걸요? 결국 왕따당한 애만 바보 되고 끝날 게 뻔해요."

"지금 상황에서 그럼 누가 돕겠니? 경찰이라도 부를까?"

스텔스 형의 냉소에 하이바 아저씨가 흥분한 채로 반문했다. 분위기가 어색해지자 꿍따리 아저씨가 과장된 몸짓으로 썰렁한 농담을 던졌다.

"하여간 요즘 중딩들은 정말 무섭다니까. 덩치가 산만 한 놈들이 와서 '어이, 아저씨. 담배 하나만 줘요.' 그러면 어쩔 거야? 그럼 '뭐? 담배? 이 자식이…… 혹시 불은 필요 없니?' 하면서 라이터까지 줘야지 어떡해. 안 주면 먼지 나도록 맞을 텐데. 안 그래? 엉?"

해결책은 없는 건가. 하긴 무지개다리는 학교와 완전히 동떨어진 세계인걸. 괜한 얘기를 한 것 같다.

"유치해."

로미의 말에 드래곤이 깜짝 놀라 고개를 들었다.

"첼시한테 말하면 되잖아. 과거에 있었던 일을 복수하고 싶으면 자길 심하게 괴롭혔던 그 애들을 찾아가 싸우라고. 왜 억울하다는 애를 괴롭혀? 그리고 너도 태도를 분명히 해. 오밤이랑 잘 지내고 싶은 거야, 아니면 첼시 패거리가 되고 싶은 거야? 둘 다 할 수 없다면 분명하게 하나를 선택해."

로미의 말은 한마디 한마디가 아팠다. 모르는 것은 아니다. 단지 그렇게 행동할 용기가 없을 뿐이다.

"고민만 한다고 결과가 달라져? 결국 어떤 쪽이든 선택해야 하는 거잖아."

로미의 기세는 거침없었다.

"맞는 말이야. 남자는 의리! 나만 살자고 친구를 버릴 수는 없지. 안 그래?"

꿍따리 아저씨가 으흠, 헛기침을 하며 말했다.

"친구를 위해서가 아니에요. 자기를 위한 거예요. 인간은 결국 혼자잖아요. 꿍따리 아저씬 누구 대신 죽으라면 죽을 수 있어요? 아저씨가 죽을 때 같이 죽어 줄 수 있는 사람 있어요?"

로미의 발간 입술에서 얼음처럼 차가운 말이 튀어나오자, 꿍따리 아저씨의 표정이 굳어졌다. 꿍따리 아저씨의 그런 어두운 얼굴은 처음이었다.

"같이 죽을 수는 없어도 죽는 순간까지 함께할 수는 있어. 난 결코 사람이 혼자라고 생각하지 않아."

꿍따리 아저씨는 굳게 입을 다문 채 더는 말을 꺼내지 않았다. 썰렁한 개그와 저질 농담으로 무지개다리를 시끌벅적하게 만들던 꿍따리 아저씨가 침묵을 지키자, 모두가 할 말을 잃은 채 앉아 있다가 어색한 공기를 견디지 못하고 자리를 떠났다.

띄엄띄엄 불을 밝힌 가로등은 오늘따라 더 어두웠다. 드래곤은 느릿느릿 달려가는 로미의 뒷모습을 물끄러미 바라보다 저도 모르게 로미의 뒤를 쫓아 달리기 시작했다.

"너희 집 이쪽 아니잖아."

"밤길이 어두워서, 그냥 바래다주려고."

드래곤은 로미가 가는 길이 어둡지 않도록 라이트를 최대한 밝히고 간격을 유지하며 조심조심 따라갔다. 소년과 소녀는 아주 짧은 시간을 천천히, 말없이 함께 달렸다.

로미가 자전거를 멈춘 곳은 양재천과 맞닿아 있는 최고급 주상 복합 아파트 입구였다. 학원을 오가며 매일 지나다닌 곳인데, 로미가 여기 살고 있었구나. 하늘을 찌를 듯 높이 솟아오른 건물, 곳곳에 설치된 감시 카메라, 화려한 대리석이 깔린 견고한 출입구. 로미의 집은 사람이 사는 집이라기보다는 거대한 벽에 가까웠다. 드래곤은 왠지 로미가 멀게 느껴져서 로미에게 제대로 인사도 하지 못한 채 발걸음을 돌렸다.

"미안해. 아까는 내가 너무 심하게 말했던 것 같아."

로미의 말이 드래곤을 멈춰 세웠다.

"아냐, 네 말 중에 틀린 건 하나도 없어. 그렇게 얘기해 줘서 정말 고마워. 네 충고를 듣고 용기가 생긴 것 같아. 난 패거리를 선택하지 않을 거야. 오밤이 더 중요하거든."

"난 너한테 충고 같은 거 할 자격 없는데. 미안해."

"괜찮아. 이제 들어가. 엄마한테 혼나겠다."

"엄마랑은 같이 안 살아."

앗, 드래곤은 자신의 입을 쥐어박고 싶었다. 가장 친한 오밤도 아빠 없이 엄마랑 살고 있는데, 내가 왜 그걸 생각하지 못했을까? 드래곤은 로미가 건물 안으로 들어갈 때까지 우두커니 선 채로 로미를 바라보았다.

현실은 로미에게 자신 있게 했던 말처럼 역시 쉽지는 않았다. 드래곤은 오밤에게 쉽게 다가가지 못했다. 불안하고 불편한 낮과 밤이 속절없이 계속됐다. 가짜 평화를 누리기 위한 대가는 침묵이었다. 드래곤은 무지개다리 아래서 마냥 즐겁게 수다를 떨 수도 없었고, 가장 아늑해야 할 방 안 침대 위에서도 쉽게 잠들지 못했다.

이대로는 더 견딜 수 없었다. 첼시의 분노와 오밤의 고통보다 참을 수 없었던 건 드래곤 자신의 나약함과 비겁함이었다. 오늘은 반드시 말할 것이다. 교실로 들어서는 드래곤의 가슴이 두근두근 떨렸다. 첼시에게 이제 그만 오해를 풀고 오밤을 용서하라고 말할 것이고, 오밤에게는 예전처럼 즐거운 친구 사이로 돌아가자고 말할 것이다. 오늘이 그날이다.

점심시간이 되자 드래곤은 첼시를 조용히 교실 밖으로 불러냈다.

“무슨 일이야?”

첼시와 단둘이 대면한 드래곤의 입천장이 바짝바짝 타들어가고 손바닥엔 땀이 고였다.

“이제 그만 용서해 줘.”

“뭘?”

“범규 말이야. 뭐 때문에 그러는지는 모르겠지만, 나도 예전처럼 범규랑 잘 지내고 싶어.”

첼시는 잠시 말이 없었다. 드래곤은 왜 첼시가 오밤을 미워하게 됐는지 알고 있다. 하지만 여기서 그걸 엿들었다고 말해선 안 된다. 그건 첼시가 가장 기억하기 싫은 상처일 테니까.

“무슨 소릴 하는지 모르겠네.”

첼시가 피식 웃었다.

어라? 이게 아닌데. 이런 반응은 예상하지 못했다.

“지금…… 애들이 범규를 따돌리고 있잖아. 범규도 충분히 반성했을 거야. 그러니까…… 이제 용서해 줬으면 해.”

"따돌리다니? 지금 내가 애들 시켜서 오범규를 왕따시킨다는 거야?"

"아니, 왕따를 시킨다는 게 아니고, 함께 잘 지내는 게 좋지 않을까 싶어서……."

"오범규는 질이 나쁜 놈이니까 친하게 지내지 마라. 난 그렇게만 얘기한 거 같은데."

"……그게 따돌리는 거잖아."

"내 딴엔 널 생각해서 한 말인데 그런 식으로 받아들이다니. 실망이다, 용지호."

"그건 미안하게 됐어. 하지만……."

"좋을 대로 해. 오범규랑 친하게 지낸다고 누가 뭐래? 하지만 이건 분명하게 알아 둬. 난 그놈이랑 친한 놈하고는 친구가 될 생각 없어. 네가 오범규랑 친하게 지내는 게 자유인 것처럼, 내가 오범규한테 어떻게 하든지 그것도 내 자유야. 알았어?"

"말도 안 돼."

"난 충분히 말이 된다고 생각하는데."

"그건 억지야. 부당해!"

드래곤의 목소리가 높아졌다. 자기 목소리에 놀란 드래곤이 지레 첼시의 눈치를 살폈다. 첼시는 단단히 화난 표정이었다. 첼시의 이런 무서운 얼굴은 처음이다. 드래곤은 태어나서 지금껏 주먹을 휘두르며 싸워 본 적이 없었다. 만약 처음으로 누군가에게 두들겨 맞는다면 그것은 바로 오늘, 지금 이 순간이 될 것 같았다.

"……후회하지 마라."

첼시는 짧은 말을 남기고 교실로 들어갔다. 긴장이 풀린 드래곤은 긴 한숨을 내쉬며 복도 유리창에 등을 기댔다. 휴우, 싸움은 간신히 피했구나. 하지만 엉망이다. 다시 오밤과 잘 지낼 수 있을까? 첼시 패거리가 나까지 괴롭히지 않을까? 불안함이 꼬리에 꼬리를 물고 드래곤을 괴롭혔지만, 각오하고 결심한 일이었다. 이젠 뒤로 물러설 수도 없었다.

교실에 돌아와서도 흥분이 금방 가라앉지 않았다. 선생님이 칠판에 쓴 글씨는 마치 고대 문명이 남긴 불가사의한 문자처럼 낯설고 기괴해 보였다. 드래곤은 애써 마음을 가다듬고 책상 아래로 휴대전화를 꺼내 오밤에게 문자를 날렸다.

학교 끝나고 같이 가자 ^^;

오밤은 대답이 없었다. 수업이 끝나고 드래곤은 터벅터벅 힘없이 교문을 빠져나가는 오밤을 불러 세웠다.

"오밤! 같이 가자!"

오밤은 뒤따라 나오는 첼시 패거리들의 눈치를 살피며 기어들어 가는 목소리로 중얼거렸다.

"그냥 먼저 가."

"왜? 같이 좀 가자."

"넌 자전거 있잖아. 그냥 가."

"학원 버스 타는 곳까지만 같이 걸어가지 뭐."

"이러면 너도 곤란해져. 빨리 그냥 가."

"상관없어. 지들이 어쩔 건데."

오밤은 물끄러미 드래곤을 쳐다봤다.

"용지, 너답지 않다. 너 변했구나?"

"이상한 소리 하지 마. 변하긴 뭐가 변해? 그나저나 최신 개그 없어? 재밌는 얘기 좀 해 줘."

오밤은 잠시 주저하다 곧바로 개그 보따리를 풀어 놓았다.

"한국의 화폐단위는 원, 일본은 엔이야. 그럼 호주는?"

"달러?"

"호주머니."

"하하, 재미없어!"

"잼 있어. 우리 집 냉장고에."

"하하, 하나도 안 웃겨."

그간 마음고생이 심했는지 오밤의 개그 감이 많이 떨어져 있었지만, 드래곤은 그것만으로도 충분히 즐거웠다. 드래곤은 저만치 뒤따라오는 첼시 패거리의 시선이 따갑게 느껴졌지만 애써 무시하며 더 씩씩하게 웃었다.

RACE 9
좋으니까 좋아

"에에? 여름 방학 춘천 여행?"

드래곤의 환호성이 무지개다리에 울려 퍼졌다. 기말고사를 일주일 앞둔 시점에서 꿍따리 아저씨가 방학 기념 자전거 여행을 제안한 것이다.

"거창하게 여행까진 아니고, 이른 아침에 출발해서 밤에 도착하는 당일치기 하이킹이야. 로미, 자신 없으면 얘기해. 청평 정도로 코스를 단축할 수도 있으니까."

"걱정 마세요. 잠이 오질 않아서 한강을 따라 밤새 달린 적도 많은걸요."

"스텔스 형, 다친 손은 다 나았어요? 한 손으로 자전거를 타고 춘천까지 갈 수는 없잖아요."

드래곤이 여전히 깁스를 한 스텔스 형을 보며 말했다.

"다음 주에 깁스 푸니까 전혀 문제없어."

"좋았어. 그럼 시간 조정과 코스 분석, 돌아오는 기차표 예약은 모두 내가 맡을 테니 걱정들 붙들어 매시라고!"

여행을 제안한 꿍따리 아저씨가 가장 신이 나서 목소리를 높였다. 드래곤도 모처럼 기분 좋게 가슴이 두근거렸다.

"로미는 헬멧 없니? 장거리 라이딩을 하려면 헬멧은 필수야. 그리고 옷도 더 편안하게 입어야 해."

"필요한 용품 어떤 게 있는지 오빠가 알려 주세요."

"그래, 문자로 넣어 줄게."

로미와 스텔스 형의 다정한 대화에 드래곤은 슬며시 부아가 치밀어 올랐다. 왜 스텔스 형이 나서는 거야!

"드래곤."

"……."

"드래곤!"

"에?"

"두 주먹 불끈 쥐고 무슨 생각을 하는 거야? 로미, 집에 갔어."

"어? 언제 갔어요?"

드래곤이 분노의 도가니탕에 빠져 허우적대는 사이, 로미는 사라지고 없었다. 꿍따리 아저씨가 음흉한 표정으로 히죽거렸다.

"드래곤, 너 로미 좋아하지?"

드래곤이 화들짝 놀라 뜨거운 콧김을 씩씩 뿜어 댔다.

"그, 그렇지 않습니다."

"우히히히, 얼굴에 '로미가 좋아요.'라고 대문짝만하게 쓰여 있는데?"

드래곤은 물 대신 밤공기로 세수라도 하듯 얼굴을 싹싹 닦았다.

"그럴 리가 없습다."

"말이 꼬이는군. 거짓말을 하는 녀석들의 전형적인 특성이지."

"그게 아니라인까요."

"이제 새로운 언어를 창조하기 시작하는군."

"그만 놀리세요."

보다 못해 하이바 아저씨가 꿍따리 아저씨를 말렸다.

"놀리는 게 아니지. 그 나이에 사랑에 빠지는 건 지극히 당연한 일 아냐? 한창 야동도 감상할 때고. 그렇게 인체의 신비에 눈뜨는 거지. 하루에 백 번은 야한 생각 할걸? 드래곤, 키스는 해 본 적 있어?"

"에에?"

"꿍따리 아저씨 너무 오버하시네. 그만하세요."

스텔스 형이 말려도 꿍따리 아저씨는 멈추지 않았다.

"드래곤, 잘못하면 스텔스한테 로미를 뺏기는 수가 있어."

"그만하시라니까요. 그리고 제 취향은 연상인뎁쇼?"

"어익후! 스텔스도 내 나이가 돼 봐. 연상녀들은 다 할머니들뿐이라고. 그때도 연상을 고집할 거야?"

"그건 그때 가서 생각하면 되죠. 사랑은 변하는 거니까."

"아하하, 하여간 드래곤은 안심해도 되겠어. 스텔스는 맘에 없다니까."

드래곤은 로미의 브롬톤이 달릴 때마다 작고 예쁜 바퀴에서 울리는 귀뚜라미 소리가 좋았다. 로미가 지나간 자리에 남아 있는 샴푸 냄새가 좋았고, 때론 차가운 표정으로 자기 생각을 또박또박 말하는 모습도 좋았다.

기어이 기말고사가 하루 앞으로 다가왔다. 내일부터 사흘간 지옥의 시험 레이스가 펼쳐진다. 이 고비를 잘 넘겨야 여름 방학 내내 편할 것이다. 아직 집에는 자전거 여행에 대해 말도 꺼내지 못했는데, 만약 기말고사를 엉망으로 치른다면 여행의 꿈은 물거품이 될 수도 있다. 드래곤은 잠시 문제집을 덮고 컴퓨터로 최신 음악을 재생했다. 이어폰에서 나오는 달달한 사랑 노래가 귓속에 울려 퍼졌다.

"공부하면서 무슨 음악을 들어?"

엄마가 드래곤의 귀에서 이어폰을 뽑았다. 꼭 하필 이럴 때에.

엄마와 나의 타이밍은 언제나 최악이다.

"지금까지 열심히 공부하다가 막 켰어. 이거 딱 한 곡만 듣고 다시 공부할 거야. 정말이라니까."

"그 말이 사실인지는 나중에 시험 점수가 나오면 알게 되겠지. 그리고 이제 고등학교 가면 컴퓨터는 거실로 옮길 거야. 알았어?"

"안 돼. 과제도 해야 하고 인강도 들어야 한단 말이야."

"거실에서 하면 되잖아."

"거실에서 어떻게 해?"

"왜 못 해? 여자친구랑 채팅이라도 해야 해?"

"아, 무슨 여자친구야! 말이 되는 소릴 해!"

드래곤은 얼굴을 붉히며 목소리를 높였다. 아차, 이건 오버다. 난 여자친구가 없잖아. 하지만 그때 문득 로미의 얼굴이 떠올랐다.

"여자친구 사귈 위인이나 되면 내가 이런 걱정을 안 하지."

엄마의 말이 비수가 되어 드래곤의 가슴 한가운데 꽂혔다.

"요새 누가 촌스럽게 채팅해? 카톡이나 페이스북 하지."

드래곤은 방구석 장판 아래 곰팡이처럼 눅눅한 말투로 중얼거렸다.

오밤과 첼시 사이에서 난처한 처지가 된 드래곤에게 기말고사가 시작된 것은 오히려 다행이었다. 시험 기간에는 학교에서 보내는 시간이 오전뿐이기 때문에 그만큼 아이들과 마주칠 일도 적었다. 예전보다 말을 거는 횟수가 줄어들긴 했지만, 다행히 첼시도 별다른 반응이 없었다. 이대로 시간이 흘러가는 것도 나쁘지 않은 듯했다.

기말고사 마지막 날, 마을버스 회사가 또 파업을 시작했다. 다른 아이들이 시간에 쫓겨 허겁지겁 버스 정류장과 지하철역으로 뛰어가는 아비규환 속에서, 드래곤은 포데로사와 함께 유유히 학교로 향했다.

기말고사 마지막 과목의 답안지를 제출하는 드래곤의 표정은 의기양양했다. 지난 중간고사 때보다 확실히 공부도 많이 했고 모르는 문제도 별로 없었다. 이대로라면 여름 방학을 확실히 즐겁게 보낼 수 있을 것 같다.

"월급 몇만 원 올려 달라고 기를 쓰고 파업하는 거 봐라. 이게 남의 일 같지? 공부 안 하고 뺀질대면 10년 후 이렇게 되는 거야. 남들은 변호사, 의사, 벤처기업 하면서 돈을 주무르고 있을 때 만 원짜리 몇 장 가지고 길바닥에 나앉아 데모나 하면서 사는 꼬라지 좀 보란 말이야. 그런 인간이 되라고 부모님이 학교 보내 주는 줄 알아? 정신 바짝 차려. 1등이 못 되면 1등 바짓가랑이라도 붙들고 늘어지란 말이야."

시험이 끝나고 담임 선생님의 설교가 이어졌다. 드래곤은 빨리 집에 가서 한잠 푹 자고 난 후, 춘천으로 가는 로드뷰를 검색하고 싶은 마음뿐이었다.

"오늘 학원 수업 있어? 없으면 집에 같이 가자."

종례가 끝나고 드래곤이 오밤에게 물었다.

"……으응, 있어. 학원 가야 해."

오밤이 어눌한 목소리로 대답했다.

"그래? 그럼 할 수 없고."

오밤의 표정이 유독 어두웠다. 또 첼시 패거리가 괴롭혔나? 드래곤은 책가방에 시험 과목 교과서를 집어넣으며 첼시의 눈치를 살폈다. 첼시는 패거리들에 둘러싸여 시끌벅적한 대화를 나누고 있었다.

"축구팀 여름 방학 연습 계획 나왔다며? 난 아직 못 들었는데."

드래곤이 첼시에게 다가가 조심스럽게 말을 걸자, 첼시의 충실한 대변인 록바가 태연하게 말을 꺼냈다.

"우리끼리 얘기해 봤는데 말이야, 네가 들어올 마땅한 포지션이 없어."

"그래? ……그럼 어쩔 수 없지 뭐."

"이제 집에서 아주 그냥 편하게 푹~ 자라. 낄낄."

록바의 비아냥에 드래곤은 아무렇지 않은 듯 웃어 보려 했지만, 웃음이 나지 않았다. 오밤과 다시 친구가 되기로 결정한 순간 각오했던 일이지만, 눈앞에 닥친 현실은 더 참담했다. 이것으로 첼시와는 끝이다. 교과서로 가득 찬 가방이 드래곤의 어깨를 무겁게 짓눌렀다.

여름 방학이 시작되었다. 학원 특강과 산더미같이 쌓여 있는 과제는 작년과 다를 바 없지만, 이번 방학에는 특별한 것이 있다. 두근두근 콩닥콩닥 심장을 쫄깃하게 만드는 자전거 여행이 기다리고 있지 않은가!

예상대로 기말고사 성적도 확실하게 올랐다. 수학에서 몇 문제 실수한 것이 아쉽긴 했지만, 드래곤은 물론 성적표를 받은 엄마와 아빠도 충분히 만족하는 표정이었다. 덕분에 드래곤은 편안하게 자전거 여행 계획을 말할 수 있었고 '안전 또 안전'이라는 조건 아래 어렵지 않게 허락을 받았다.

여행 준비도 차곡차곡 진행되었다. 드래곤은 날마다 학원 특강이 끝나고 스텔스 형과 꿍따리 아저씨, 로미와 만나 계획을 짜고 수다를 떨었다.

"하이바는 함께 못 갈지도 모르겠어."

"왜요?"

"요새 회사에 일이 많은 모양이더라고."

"멤버가 다섯인데 한 명이라도 빠지면 안 되죠. 어떻게든 함께 가야죠."

깁스 푼 것을 자랑이라도 하듯 스텔스 형이 시꺼멓게 그을린 굵은 팔뚝으로 팔짱을 낀 채 힘주어 말했다.

"로미는 어때? 집에서 허락했어?"

꿍따리 아저씨의 물음에 로미는 고개만 끄덕였다.

"저는 왜 안 물어보세요?"

"넌 두 눈에 '가고 싶다. 가고 싶다. 진짜 가고 싶다!'라고 쓰여 있잖아. 부모님이 반대해도 어떻게든 가겠지 뭐. 하하."

스텔스 형이 목이 부러질 정도로 고개를 젖히며 웃었다.

자전거 여행의 날짜와 구체적인 일정이 결정되었다. 출발은 오전 여섯 시 탄천과 한강이 만나는 청담2교 다리 밑. 오후 네 시에서 여섯 시 사이에 춘천에 도착하면 명동 닭갈비 골목에서 닭갈비를 야무지게 먹고 ITX청춘열차를 이용해 서울로 돌아온다. 물론 멤버들의 체력 상태를 고려하여 목적지를 중도 변경할 수 있다.

여행 전날 밤, 드래곤은 한껏 들뜬 기분으로 준비물을 챙겼다. 무더운 날씨를 고려해 생수 다섯 병을 꽁꽁 얼려 두었고 열량이 높은 초콜릿 바와 사탕, 과자를 준비했다. 데오도란트와 땀이 나면 갈아입을 티셔츠를 챙기는 것도 잊지 않았다. 행여나 돌아오는 열차에서 로미와 나란히 앉을지도 모르잖아! 로미 옆에서 땀 냄새를 풀풀 풍길 수는 없는 노릇이다.

“지희야, 내일 엠피스리 빌려 줄 수 있어?”

드래곤이 지희의 방으로 들어갔을 때 낯설고 이상야릇한 냄새가 났다.

“너 안 씻었어? 방에 페브리즈라도 뿌려.”

“꺼져!”

침대에 누워 책을 보던 지희가 불같이 화를 내며 책을 와락 집어 던졌다. 드래곤은 엠피스리 플레이어를 빌리지 못한 채 지희 방에서 쫓겨났다.

“지희가 이제 여자가 돼서 그래.”

저녁밥을 준비하던 엄마가 작은 목소리로 드래곤에게 속삭였다.

“원래 여자잖아.”

“그거 말고.”

“……그럼 그거? 그거 해?”

“그게 뭔데?”

엄마가 웃었다.

“그거.”

“그러니까 그게 뭔데.”

“내 입으로 어떻게 말해?”

“말 못 할 게 뭐 있어? 자연스러운 건데.”

“지희가 벌써 그거 할 땐가?”

"벌써는 아니지. 초등학교 때부터 시작한 애들도 있는데."

"……엄마, 내가 잘못한 거지?"

"몰라서 그런 거니까 다음부터 조심하면 돼. 이제부터는 지호가 지희한테 좀 더 너그럽게 대하고, 동생 잘 지켜 줘야 해. 알았지?"

"알겠어."

드래곤은 지희에게 당장 사과할까 싶었지만, 지금은 그냥 놔두는 것이 좋겠다고 생각했다. 내일 여행을 다녀온 후 부쩍 성숙해진 오빠의 모습으로 사과해야지.

"여행 갈 준비는 다 한 거야? 엄마가 더 챙겨 줄 거 없어?"

"다 준비했어. 나도 이제 엄마 도움 없이 다 할 수 있다고."

"그러면 얼마나 좋을까나?"

허락을 해 주긴 했지만, 엄마와 아빠는 여전히 드래곤의 여행을 걱정했다. 차 조심해라, 빨리 달리지 마라, 더위 먹으면 안 된다, 상한 음식 조심해라. 엄마와 아빠에겐 지금 아주 큰 걱정 인형이 필요하다.

밤사이 드래곤은 거의 잠을 이루지 못했다. 먼 여행을 떠난다는 설렘과 함께, 전날 밤부터 내린 빗소리에 잠을 설친 것이다. 자는 둥 마는 둥 초조한 마음으로 맞은 아침은 언제 비가 왔냐는 듯이 맑게 개어 있었다.

드래곤은 엄마가 만들어 준 토스트와 수프로 아침을 먹고 서둘러 집을 나섰다. 서쪽에서 불어오는 남실바람이 살살 등을 떠밀어 자전거를 타기에 더없이 멋진 날이었다. 시간에 맞춰 도착한 청담2교 아래에는 로미를 제외한 세 명의 멤버가 모여 있었다. 드래곤은 꿍따리 아저씨의 자전거가 완전 무장 MTB에서 바다에서 막 잡아 올린 듯한 은갈치 빛깔의 로드 바이크로 바뀌어 있는 것을 발견하고 환호성을 질렀다.

"꿍따리 아저씨, 자전거 완전 멋있어요! 여행용 트렁크백도 달았네요."

"헤헷, 드래곤 네놈을 이기기 위해 특별히 주문한 비밀 병기다. 드래곤과 포데로사의 시대는 끝났다고나 할까? 이제 로시난테의 시대다!"

"로시난테요?"

"이 녀석 이름이지. 돈키호테의 애마 로시난테를 모른단 말이냐? 우하하하!"

"로시난테는 늙고 힘없는 말 아닌가요?"

"음, 그런가?"

"로미는 아직 안 왔나요?"

"금방 오겠지. 이거나 먹으면서 기다려."

꿍따리 아저씨가 햄버거 하나를 드래곤에게 건넸다.

"아침 먹고 왔는데요."

"또 머겅, 두 번 머겅."

"고맙습니다."

"하이바 아저씨, 오셔서 다행이에요."

"그래, 나도 꼭 오고 싶었어."

드래곤이 우걱우걱 햄버거를 먹고 있을 때 주차장 쪽에서 로미가 나타났다. 로미는 긴 생머리를 동여매고 헐렁한 흰색 티셔츠에 짧은 검정 스커트를 입고 있었다.

"어어, 옷이, 옷이……."

드래곤이 말을 더듬었다. 저렇게 짧은 치마를 입고 어떻게 자전거를 탄단 말인가!

"바보야, 안에 쫄바지 입었잖아."

스텔스 형의 말대로 로미는 자전거용 쫄바지를 입고 있었다. 어휴!

"여기 통솔하시는 분이 누구시죠?"

로미를 뒤따라온 남자의 질문에 꿍따리 아저씨가 대답했다.

"로미 아버님 되십니까?"

"로미요?"

"아하, 그렇지. 이름이……."

이름을 모른다. 로미의 이름을 아는 사람이 아무도 없었다. 그러고 보니 로미뿐만 아니라, 무지개다리 멤버들은 서로의 진짜 이름을 전혀 모르고 있었다.

"어쨌든 반갑습니다."

꿍따리 아저씨가 황급히 지갑에서 명함을 꺼냈다.

㈜○○산업 대표 오 기 평

꿍따리 아저씨의 이름이 오기평이었구나. 평범하면서 촌스러운 이름이네. 명함을 슬쩍 훔쳐본 드래곤이 몰래 웃었다.

나이를 가늠할 수 없을 정도로 잡티 하나 없는 매끈한 얼굴, 단정하게 빗어 넘긴 머리와 고급스러운 금테 안경, 스키니진을 입어도 어울릴 만큼 슬림하고 탄탄한 몸까지……. 로미의 아버지는 한눈에 봐도 세련된 차도남이었다. 로미의 아버지도 지갑에서 명함을 꺼내 오기평 씨에게 건넸다.

"예린이와 어떻게 알게 되셨나요?"

차갑고 사무적인 말투에서 경계심이 느껴졌다. 아, 로미의 이름이 예린이였구나. 드래곤이 수줍은 마음으로 로미를 곁눈질했을 때, 로미는 그 어느 때보다 어둡고 굳은 얼굴로 아버지를 외면하고 있었다.

'로미는 아빠와 사이가 나쁜 걸까? 엄마 때문인가?'

드래곤의 마음도 덩달아 무거워졌다.

"하하, 저희는 '양사모'라고 양재천을 사랑하는 사람들의 모임입니다. 교총회관 아시죠? 거기 근처 무지개다리에서 정기 모임을 갖고 있습니다. 자전거를 타면서 만나게 된 소중한 인연이자 몸과 마음이 건강한 사람들의 모임이라고 말씀드릴 수 있겠군요."

양사모라니! 이게 무슨 듣도 보도 못한 해괴한 이름이란 말인가. 게다가 꿍따리 아저씨는 평소와 달리 중후한 목소리의 중년 신사로 돌변해 로미의 아빠와 대화를 주고받고 있었다. 스텔스 형은 웃음이 터져 나오는 입을 간신히 틀어막고 고개를 돌려 버렸지만, 드래곤은 꿍따리 아저씨의 변신 아닌 변신이 꽤 멋져 보였다.

"이 친구는 어험, 자기소개는 직접 하지."

꿍따리 아저씨의 소개에 이어 하이바 아저씨가 안전모를 벗으며 인사를 했다.

"○○자동차에서 일하는 김형철이라고 합니다."

○○자동차 직원 김형철 씨. 이것이 하이바 아저씨의 정체다.

"저는 BMX 국가대표 상비군, 열아홉 살 송유석입니다."

이럴 수가! 국가대표 상비군이라니. 갑자기 스텔스 형 뒤로 LED 전조등 이백 개를 켜 놓은 듯한 아우라가 펼쳐졌다.

"저, 저는 ○○중학교 3학년 용지호입니다. 로미, 아니 예린이와는 그냥 친구입니다."

아차, 마지막 말은 괜히 했다. 아직 로미와 친구가 되자는 말도 못 했는데. 드래곤은 땅이 꺼져라 (몰래) 한숨을 쉬었다.

"낯선 사람들과 자전거를 타고 춘천에 다녀오겠다는 말을 듣고 많이 놀랐습니다. 지금까지 이런 행동을 한 번도 한 적이 없는 아이거든요. 워낙 고집을 부려서 실례를 무릅쓰고 확인차 왔습니다."

"저도 자식을 키운 애비 입장에서 충분히 이해합니다. 무리해서 달리는 일은 없을 거고요, 무엇보다 안전을 최우선으로 생각하겠습니다."

"조금이라도 문제가 생기면 연락해 주십시오. 마음 같아서는 동행하고 싶지만 선약이 있어서요. 잘 부탁드리겠습니다."

"네, 저희가 책임지고 예린이 잘 보살피겠습니다. 걱정하지 않으셔도 됩니다."

꿍따리 아저씨는 적어도 지금 이 순간만은, 꽤 신뢰감이 드는 중년 신사 오기평 씨였다. 로미의 아버지는 아직 비닐도 뜯지 않은 새 헬멧을 로미에게 건네주었고, 로미는 말없이 헬멧을 받아 비닐과 스티커를 떼어 냈다. 두 사람 사이에 존재하는 것은 부스럭거리는 비닐 소리뿐이었다. 로미의 아버지가 고급 승용차를 타고 주차장을 빠져나갈 때까지 로미는 입을 열지 않았다.

"자, 출발!"

간단한 자전거 점검과 준비운동을 끝낸 후, '양사모' 일행은 들뜬 마음으로 춘천을 향해 출발했다. 처음 만난 올림픽대로의 자전거 도로는 제법 오르막이 길었다. 아직 몸이 덜 풀려서인지 모두가 비틀비틀 낑낑거리며 오르막을 올랐다. 하지만 오르막이 있으면 반드시 내리막도 있는 법. 10분 가까이 오르막길과 싸운 뒤 만난 내리막길은 페달을 밟지 않고도 1분 이상 시원하게 내려올 수 있었다. 구리와 남양주, 미사리를 지나 팔당호까지 걸린 시간은 한 시간 반이 채 되지 않았다.

팔당댐이 한눈에 보이는 쉼터에서 드래곤 일행은 첫 휴식을 취했다. 지난밤 내린 비로 수위가 높아진 북한강은 거대한 수문을 열어 물을 토해 냈고, 하얀 물보라 위로 작은 무지개가 춤추듯 아른거렸다. 아직 여덟 시도 안 된 이른 아침, 드래곤은 선잠을 자듯 낯설고 몽롱한 풍경에 취해 버렸다. 마치 다른 세상에 온 것 같은 느낌이었다.

시간이 지나면서 난코스가 속속 나타나기 시작했다. 팔당을 지나 북한강과 남한강이 만나는 지점부터 군데군데 자전거 도로가 끊어지면서 일반 차도로 달려야 했다. 버스나 트럭이 옆을 지날 때는 땅을 울리는 굉음과 함께 거센 바람이 일어 일행을 위협했다. 가장 무서운 것은 터널이었다. 세상의 모든 나쁜 소리가 죽어서 지옥으로 간다면 그곳이 바로 터널이겠구나 생각될 만큼, 터널 안 소음은 귀가 멍해지고 머리가 울릴 정도로 괴로웠다.

열한 시가 되어 청평댐에 다다르자 꿍따리 아저씨와 하이바 아저씨가 먼저 벤치에 드러누웠다. 자동차와 함께 몇 개의 터널을 지나면서 드래곤 일행은 평소와는 비교도 되지 않을 만큼 많은 체력을 소진했다. 자연스레 휴식을 취하는 횟수와 시간이 점점 늘어났고 속도도 점점 줄어들었다. 로미도 말없이 종아리와 무릎을 어루만졌다. 아직 쌩쌩한 것은 젊은 피 스텔스 형과 드래곤뿐이었다. 드래곤은 목적지인 춘천까지 꼭 가고 싶었지만, 로미의 체력과 속도에 맞추기로 한 여행이니 욕심을 부릴 수는 없었다.

'지금 상태로는 춘천까지 가지 못하겠지. 하지만 이렇게 함께 달릴 수 있는 것만으로도 좋아.'

이 사람들과 함께 또다시 이곳에 올 수 있을까? 아마 힘들겠지. 죽을 때까지 이렇게 자전거를 탈 수 있을까? 그것도 힘들 거야. 평생 이렇게 좋은 사람들하고만 즐겁고 행복하게 살 수 있을까? 아마 그것도 어려울 거야. 드래곤은 얼음물을 마시고 난 후 혀로 입술을 훑었다. 짜고 쓴 맛이 느껴졌다.

"로미야, 괜찮아?"

남 걱정할 처지가 아닌 꿍따리 아저씨의 말에 로미는 고개를 끄덕였다.

"이제 딱 절반 왔어. 남이섬부턴 자전거 전용 도로가 쭉 이어지니까 힘내자고! 그나저나 점심은 먹고 출발하지."

꿍따리 아저씨의 아이스박스에서 김밥과 양념 치킨, 수박화채, 방울토마토가 쏟아져 나왔다. 거기에 각자 챙겨 온 빵과 과자, 떡, 초콜릿, 과일 통조림이 더해져 길 위의 만찬이 시작되었다. 처음에는 목이 메어 음식을 먹기 어려웠지만, 꿍따리 아저씨의 치킨 한 조각을 먹고 나니 식도에 기름칠이 되었는지 음식이 꿀떡꿀떡 넘어가기 시작했다.

"이거 마셔."

드래곤이 생수 한 병을 슬쩍 로미에게 내밀었다.

"괜찮아. 나도 물 있어."

"얼음물이라서 시원해."

"고마워."

로미가 차가운 생수병을 발갛게 달아오른 볼에 문지르자, 드래곤은 괜히 가슴이 두근거렸다.

"너도 이거 마셔."

로미가 드래곤에게 보답한 선물은 비닐팩에 든 유기농 오렌지 주스였다.

"미지근해서 맛은 없을 거야."

"아, 아냐. 맛있어."

"뜯지도 않았으면서 맛있는지 어떻게 알아?"

풋, 로미가 가볍게 코웃음을 치자 드래곤은 허겁지겁 마개를 열고 주스를 마셨다. 아아, 이토록 달콤하고 시원한 오렌지주스는 처음이구나!

"밍밍하네. 유기농 주스라서 그런 건가?"

옆에서 함께 주스를 얻어 마신 스텔스 형이 산통을 깼다.

"유기농은 몸에 좋잖아요. 그러니 잔말 말고 마셔욧!"

드래곤이 스텔스 형에게 쏘아붙이자, 스텔스 형은 청평댐이 무너질 정도로 크게 웃었다.

"우하하하! 맞아, 유기농은 천하무적이야!"

점심을 먹은 후 드래곤 일행은 서둘러 길을 나섰다.

달린 지 한 시간 정도 됐을까, 남이섬을 지나 가평에 이르자 끝이 보이지 않는 자전거 도로가 눈앞에 길게 펼쳐졌다. 강물 위로 설치된 자전거 도로는 발아래 출렁이는 물살 때문에 시원하기도 하고 무섭기도 했다.

"세상 정말 좋아졌지. 어떻게 이렇게 강 위로 자전거 도로를 만들 생각을 했는지 말이야. 예전 같았으면 이런 일을 생각이나 했겠어? 응?"

꿍따리 아저씨의 탄성이 멈출 줄 모르자 스텔스 형이 퉁명스럽게 대꾸했다.

"자전거 도로를 놓으면 뭐해요? 멀쩡한 강에다 시멘트를 처바르고 있는데."

"무슨 소리야? 친환경 녹색 성장이라잖아. 우하하."

"억지로 강물을 막고 물고기까지 죽여 가면서 자전거를 타야겠어요?"

"그렇게 이것저것 따지려면 숨도 쉬지 말고 살아야 해. 숨을 쉬면 이산화탄소가 나오잖아. 인간이라는 존재 자체가 공해라고."

꿍따리 아저씨와 스텔스 형의 공방이 이어졌다.

"이 다리도 그래요. 북한강은 원래 산이랑 강이 맞닿아 있는 천연 지형인데, 억지로 자전거길 만든다고 강물 속에 공구리 치고 다리를 놓은 거잖아요. 큰비가 내리면 이런 건 다 떠내려간다고요."

"스텔스는 매사 너무 비판적이야. 인생을 그냥 좀 즐기라고. 허허허."

"자자, 이제 그만하세요. 간격이 너무 좁아요. 안전거리 유지하세요."

하이바 아저씨가 두 사람을 중재했다. 생각이 많아질 땐 달리는 게 최고다. 자전거를 타고 달리는 순간만은 다른 생각을 할 수 없으니까.

강을 따라 이어진 자전거 전용 도로는 자동차의 위협이 없어 한결 달리기 쉬웠고 주변의 풍경도 편안하게 눈에 들어왔다. 스텔스 형의 말처럼 북한강은 주위의 산과 맞닿아 있었다. 바람도 없고 물결도 잔잔해 강 위에도 산이 있고 강 아래에도 산이 있었다. 윈도우 바탕화면에서나 볼 수 있는 그림 같은 풍경이 드래곤 일행 앞에 펼쳐졌다. 드래곤이 잠시 고요함과 평화로운 풍경 속에 빠져든 순간, 앞서 달리던 로미의 브롬톤이 갑자기 균형을 잃고 비틀거렸다. 드래곤이 황급히 로미에게 외쳤다.

"로미야, 브레이크!"

로미는 간신히 자전거를 멈추고 풀썩 그 자리에 주저앉았다. 모두 놀란 표정으로 로미에게 몰려들었다.

"다리에 쥐가 난 것 같아요."

로미의 다리에 눈에 보일 만큼 심한 경련이 일고 있었다. 스텔스 형이 로미의 발목을 잡고 스트레칭을 해 주었지만, 경련은 쉽게 멈추지 않았다.

"일어설 수가 없어요. 하하."

로미는 허탈하다는 듯 웃었다. 당장에라도 울음이 터질 것 같은 이상한 웃음이긴 했지만, 로미가 소리를 내며 웃는 모습을 본 건 처음이었다.

"근육에 한계가 온 것 같은데, 어떡하죠?"

스텔스 형이 스트레칭을 해 주며 걱정스럽게 말했다.

"이제 한 시간 정도면 도착인데. 택시를 잡아 볼까?"

"싫어요. 기어서라도 갈 거예요."

"기어서 가면 내일 저녁쯤 도착할걸?"

꿍따리 아저씨의 말에 로미는 다시 한 번 하하하, 맥없이 웃었다.

"내 자전거에 로미를 태우자."

모두 하이바 아저씨에게 고개를 돌렸다. 그래, 하이바 아저씨의 자전거에는 튼튼한 짐받이가 있었지. 스텔스 형이 고개를 갸웃했다.

“그럼 로미 자전거는 어떡해요?”

“로미 자전거는 접어서 등에 짊어지자고. 내 가방에 끈도 달려 있고 짐받이에 달린 고무줄도 있으니까.”

“그럴듯한데!”

꿍따리 아저씨가 맞장구를 쳤다. 그렇게 해서 다리가 튼튼한 드래곤이 하이바 아저씨의 자전거에 로미를 태우고, 하이바 아저씨가 로미의 브롬톤을 등에 짊어진 채 포데로사를 타고 달리기 시작했다. 꿍따리 아저씨와 스텔스 형은 드래곤과 로미, 하이바 아저씨의 짐을 나누어 맡았다. 이 괴상한 모양새의 양사모 일행은 다시 춘천을 향해 천천히 속도를 냈다.

“엉덩이 아프지 않아?”

“옷이랑 비닐 깔아서 괜찮아.”

“아! 덜컹거려서 미안해. 엉덩이 아프지 않아?”

“괜찮아.”

“떨어지지 않게 꽉 잡아. 엉덩이 안 아파?”

“괜찮다니까.”

드래곤은 로미를 뒤에 태운 채 땀을 뻘뻘 흘리며 달렸다. 결코 힘들어서가 아니다. 드래곤이 비 오듯 땀을 흘리는 이유는 오직 하나, 지금 로미의 두 손이 드래곤의 허리를 꼭 붙잡고 있기 때문이다. 대지를 흥건히 적시는 땀도 모자라, 드래곤의 심장마저 우당탕탕 요동치고 있었다. 그래도 드래곤은 좋았다. 지금 난 로미와 함께 달리고 있는걸.

저만치 멀리, 호반의 도시 춘천의 상징인 인어 동상이 보였다. 짧은 하루, 긴 시간을 달린 여름 방학 자전거 여행은 그렇게 끝나 가고 있었다.

그날 이후 또 하나의 드래곤 전설이 양재천 라이더들 사이에서 회자되었다.

드래곤은 습지를 파괴하고 강의 생명을 앗아간 4대강 공사로 상처 입은 북한강의 정령을 달래기 위해 달리고 또 달렸다. 과거 드래곤의 맞수였지만, 드래곤의 넓은 아량과 대인배적 풍모에 반해 그를 추종하게 된 광대와 일꾼, 뚱보도 뒤를 따랐다. 드래곤은 가시가 돋은 핸들을 잡고 불타오르는 안장에 앉아 참회의 페달을 밟았지만, 슬픔과 분노에 찬 북한강의 정령은 쉽게 마음을 열지 않았다. 북한강은 당장에라도 드래곤을 집어삼킬 것처럼 검고 거센 물결을 출렁였다. 마음속 절망의 크기가 조금씩 커지고 있을 때, 드래곤은 강가에서 허우적거리는 인어 아가씨를 발견했다. 백옥처럼 하얀 얼굴에 루비처럼 빛나는 눈을 가진 인어 아가씨는 북한강을 파헤치던 굴착기에 꼬리지느러미를 다쳐 진줏빛 눈물을 흘리고 있었다. 드래곤은 자신의 자전거에 인어 아가씨를 태워 주었고, 드래곤의 착한 마음씨에 감동한 북한강의 정령은 드래곤에게 마음을 열고 그와 더불어 사는 인간들을 비로소 용서하게 되었다는 아름답고 감동 돋는 이야기다.

RACE 10

본셰이커*

'어쩌면 자전거가 하늘을 날 수 있을지도 몰라!'

허리를 살짝 붙잡은 로미의 손에서 느껴지는 체온, 등 뒤에서 들려오는 작은 숨소리, 그리고 함께 달리는 든든한 멤버들이 있다. 한동안 답답하기만 했던 드래곤의 마음에 모처럼 시원한 바람이 불어왔다.

드래곤은 로미와 함께 자전거를 타고 구름 위를 달렸다. 춘천에 도착해 닭갈비를 먹어 치운 뒤 청량리행 열차에 몸을 싣고 서울로 돌아온 하루의 여정이 드래곤의 눈앞에 풍경화처럼 펼

---

*1861년 공개된 나무 자전거 벨로시페드는 페달이 앞바퀴에 달려 타기 쉬웠고, 대량생산을 시작하며 현대적인 자전거의 출발점이 되었다. 하지만 당시 고무 타이어가 존재하지 않았던지라, 나무 바퀴의 심한 진동이 뼛속까지 전해진다는 의미로 벨로시페드는 **본셰이커**(Boneshaker)라는 별명을 얻게 되었다.

쳐졌다. 열차 안에서 로미와 나란히 앉는 행운마저 잡았지만, 갑자기 피로가 밀려와 그만 곯아떨어져 버린 것이 옥에 티랄까.

다음 날 하이바 아저씨는 허리, 어깨, 무릎, 발, 안 아픈 곳이 없다며 근육통을 호소했고, 꽁따리 아저씨도 이에 질세라 한의원에 가서 온몸에 침을 맞았다고 엄살을 늘어놓았다. 로미 역시 후유증이 컸는지, 며칠 동안 무지개다리에 모습을 보이지 않았다.

여름 방학은 오후의 짧은 소나기처럼 빠르게 지나갔다. 국영수 심화학습에 고1 내신을 대비한 방학 특강까지, 학원에서는 평소 학교에 다닐 때보다 훨씬 많은 양의 수업과 과제가 매일매일 쏟아져 나왔다. 포데로사를 타는 즐거움마저 없었다면 학원에 다니는 길이 정말 지겹고 괴로웠을 것이다. 불타는 8월의 태양 아래서 드래곤은 더 빠르게 달렸다. 수많은 라이더들이 '타도 드래곤'을 외치며 유쾌한 도전을 해 왔지만, 드래곤은 단 한 번의 패배도 용납하지 않고 도전자들을 물리쳤다. 방학 내내 드래곤은 양재천은 물론 한강, 안양천, 탄천, 중랑천을 달리며 더욱 빠르고 더욱 튼튼한 드래곤으로 거듭나고 있었다.

2학기가 시작된 학교는 예전과 다를 바 없이 축구 얘기와 깔깔거리는 소리로 시끄러웠다. 드래곤은 한동안 잊고 있었던 용지호가 되어 교실 안으로 들어섰다. 새 학기가 시작된다는 기대나 설렘보다는 오밤과 첼시 패거리에 대한 걱정과 두려움이 앞섰다. 시간이 지났으니 첼시도 화가 조금은 풀리지 않았을까? 그렇게 믿고 싶었다.

"오밤, 바다에 갔다 왔어? 완전 새까맣게 탔다."

방학 동안 학원이다 자전거다 정신없이 보내느라 오밤에게 연락 한 번 하지 못했다. 지호는 미안함과 반가움에 조금은 과장된 몸짓으로 오밤의 등을 두드렸다. 오밤은 고개를 숙인 채 돌아보지 않았다. 그 순간 지호는 오밤에게 평소와 다른 기분을 느꼈다. 적어도 지호에게만큼은 항상 장난스럽게 굴고 웃음기가 가득했던 그 오밤이 아니었다.

"오방구, 이번 주 토요일 다섯 시다."

"으응, 알고 있어."

록바의 말에 오밤이 소리 죽여 대답했다. 오방구? 이번 주 토요일 다섯 시? 오밤이 첼시 패거리와 화해한 건가? 아니면 뭐지?

"오방구가 뭐야?"

"……."

"토요일 다섯 시에 뭐? 첼시가 아직도 괴롭히는 거야? 방학 때 무슨 일 있었어?"

"……."

"말 좀 해 봐."

"이제부터 나한테 말 걸지 마."

"뭐?"

"그만하라니까! 저리 가."

오밤이 기어들어 가는 목소리로 말했다. 오밤은 그것을 마지막으로 더는 지호에게 말을 걸지도, 눈을 맞추지도 않았다. 지호는 수업이 끝날 때까지 멍하니 제자리에 앉아 있어야만 했다. 누구도 지호에게 말을 걸지 않았고, 지호의 말에 대답하지 않았다.

학교 수업이 끝나고, 지호가 집으로 가는 오밤의 팔을 붙잡았다.

"무슨 일인지 말해 봐. 뭐가 어떻게 된 거야?"

"……미안해."

오밤은 지호의 손을 뿌리치고 도망치듯 교문을 향해 뛰어갔다. 그러고는 교문 앞에서 기다리고 있는 첼시 패거리들과 함께 지호의 시야 밖으로 사라졌다. 놀랍고도 이상한 광경이었다.

며칠을 지내며 지호는 상황을 파악하기 시작했다. 방학 중 오밤에게 무슨 일이 있었는지 자세히 알 수는 없지만, 오밤은 첼시와 타협을 한 것이 틀림없었다. 아니, 타협보다는 굴종이 정확한 표현일 것이다. 첼시 패거리들은 여전히 수시로 오밤을 괴롭혔고 그 행위는 '장난이야, 장난.'이라는 얄팍한 핑계로 정당화되었다. 준비물을 챙겨 와라, 매점서 과자를 사 와라, 갖은 심부름을 시키면서도 첼시 패거리들은 오밤에게 돈을 주지 않았다. 차라리 오밤이 첼시 패거리의 일원이 되었다면 오밤을 마음껏 욕하고 미워할 수 있었을 테지만, 지호는 그럴 수 없었다. 오밤, 아니 '오방구'로 불리는 지호의 하나뿐인 친구 오범규는 첼시의 빵셔틀이 된 것이다.

"너 존나 슬퍼 보인다?"

힘없이 책상에 엎드려 있던 지호가 고개를 들었다. 효주가 앞에 앉아 빤히 지호의 얼굴을 바라보고 있었다. 지호는 다시 얼굴을 파묻었다.

"너도 나 싫어하지?"

효주가 지호의 머리카락을 움켜쥐고 흔들었다.

"아파. 그러지 마."

"나 싫어하지? 그렇지?"

"아냐, 싫어하지 않아. 화낼 때 조금 무섭긴 하지만."

"그래? 그럼 나랑 사귈래?"

효주의 갑작스러운 프러포즈에 지호는 얼떨떨한 표정으로 애써 눈을 피했다. 지호는 갑자기 로미의 얼굴이 떠올랐다. 지금 여기서 '난 좋아하는 애 있어.'라고 말한다면 아마 효주에게 먼지 나도록 얻어맞겠지.

"흥, 싫으면 싫다고 해."

"아니, 그런 건 절대 아냐. 그냥 좋은 친구로 지내면 안 될까?"

"……친구? 뭐, 나쁘진 않네."

효주는 실쭉샐쭉 묘한 웃음을 남긴 채 교실 밖으로 나가 버렸다.

그 후 며칠 동안 효주는 아이들에게 욕을 하거나 화를 내지 않았고, 가끔은 아이들과 어울려 소리 내어 웃고 떠들기도 했다. 다시 며칠이 지난 후 효주는 더 이상 학교에 나오지 않았다. 걘 원래부터 그런 아이였어. 처음부터 좀 이상했잖아. 효주의 빈자리는 짧은 뒷담화 몇 마디로 쉽게 채워지고 금방 잊혀졌다. 지호의 마음 한구석이 휑하니 시려 왔다. 내가 효주의 친구가 되어 주었다면, 효주는 훨씬 덜 힘들었을지도 몰라. 하지만 난 그러지 못했어. 좋은 친구로 지내자는 말도 순간을 모면하기 위한 변명이었잖아……. 처음부터 이상했고 마지막까지 괴팍했던 효주가 사라지고 난 후, 이제 교실에서 지호에게 말을 걸어 주는 사람은 단 한 명도 남지 않았다.

로미의 말처럼 '어차피 인간은 혼자'라고 생각하면 그만이겠지만, 첼시 패거리는 결코 지호를 혼자 살아가게 내버려 두지 않았다. 잠시라도 자리를 비우면 책과 연필이 바닥에 내동댕이쳐져 있고, 준비물과 과제는 어디론가 사라졌다가 선생님에게 실컷 혼이 난 후에 제자리로 돌아오곤 했다. 오밤이 당하던 일들이 고스란히 지호의 몫이 되었고, 그 일들이 누구의 소행인지는 굳이 확인하지 않아도 알 수 있었다. 지호가 우두커니 자신 앞에 펼쳐진 불행을 곱씹을 때마다, 첼시 패거리의 낄낄거리는 웃음소리가 지호의 귓속을 파고들었다.

"그걸 당하고만 있으면 어떡해?"

스텔스 형이 씩씩거리며 목소리를 높였다. 스텔스 형 말대로 뭔가 할 수 있었다면 이야기를 꺼내지도 않았을 것이다. 로미 앞에서 이런 지질한 모습을 보이긴 정말 싫었지만, 드래곤이 하소연할 수 있는 곳은 무지개다리 아래뿐이었다.

"선생님께 말씀드리는 게 어떨까? 첼시란 아이도 선생님이 나서면 물러서지 않을까?"

"어허, 그런 똑똑한 놈들이 더 교활한 법이야. 그놈은 일진도 아니고 반장이라며? 그런 애를 징계할 리가 없지. 괜히 그랬다가 나중에 해코지라도 하면 어쩌려고?"

하이바 아저씨의 말도 맞고 꿍따리 아저씨의 말도 맞는 것 같았다. 드래곤의 머릿속이 복잡해졌다.

"눈 딱 감고 전학을 가 버려. 무서워서 피하나? 더러워서 피하지."

"엄마 아빠한테 말할 자신이 없어요."

"그냥 학교 분위기가 마음에 안 든다고 둘러대. 공부 잘하는 학교 다니고 싶다고."

"같은 동네로 전학 가 봐야 금방 소문 퍼져요. 거기서 또 괴롭힌다고요."

스텔스 형이 꿍따리 아저씨가 내놓은 해결책에 딴죽을 걸었다.

"그럼 어쩌자고. 대안이 없잖아."

"맞서 싸워야죠. 나라면 싸우겠어요."

스텔스 형의 단호한 어조에 드래곤은 고개를 떨구었다. 맞서 싸운다……. 난 스텔스 형처럼 강하지 않은걸.

"주먹질하는 것만 싸움이 아냐. 선생님께 말씀드리는 것도 맞서 싸우는 방법 중의 하나라고 생각해."

하이바 아저씨가 드래곤을 다독였다. 드래곤은 고개를 푹 숙이고 로미의 눈치를 살폈다. 바보, 멍청이, 얼간이. 로미는 아무 말도 하지 않았지만 드래곤의 귓가에 로미의 목소리가 환청처럼 울렸다.

"드래곤, 오랜만에 승부하자."

무거운 마음으로 무지개다리를 떠나려는 드래곤에게 하이바 아저씨가 말을 걸었다. 드래곤은 있는 힘을 다해서 양재천을 달렸다. 포데로사의 앞쪽 서스펜션에서 삐걱거리는 소리가 났다. 서스펜션은 바퀴의 충격을 흡수해 주는 장치인데, 빗물이나 모래가 들어갔는지 얼마 전부터 소음이 나기 시작했다.

'끼익끼익, 삐걱삐걱. 포데로사 너도 나처럼 처량하구나.'

양재천이 시작되는 과천 중앙공원의 불빛이 보였다. 하이바 아저씨는 여전히 무겁고 형편없는 자전거로 저만치 뒤에서 드래곤을 줄기차게 따라왔다.

"오늘도 내가 졌네. 드래곤은 도저히 이길 수 없는걸. 허허."

드래곤은 하이바 아저씨와 공원 벤치에 앉아 이온 음료를 나누어 마셨다. 하이바 아저씨는 몇 번의 시도 끝에 겨우 캔 뚜껑을 땄다.

"손톱을 너무 짧게 깎으면 손톱이 살로 파고든대요. 국어 선생님이 말씀해 주셨어요."

"손톱을 기르면 자꾸 기름때가 끼어서. 바짝 자르다 보니 점점 짧아지더라고."

"자동차 회사에서 어떤 일 하시는 거예요?"

"조립부에서 자동차 시트를 차에 부착하는 일을 하지. 예전엔 차체부라는 곳에서 용접 일을 했었고."

"자동차 회사엔 언제 취직하셨어요?"

"스물두 살에 시작했으니, 벌써 10년이 넘었네."

"자동차 공장은 승진 같은 거 없나요?"

"승진이라. 혹시 사내 하청이라고 들어 봤니?"

"아뇨. 처음 듣는데요?"

"나는 내가 다니는 회사 직원이면서 직원이 아니기도 해."

"무슨 뜻인지 잘 모르겠어요."

"비정규직은 들어 봤지?"

"네. 뉴스 같은 데서요."

하이바 아저씨는 가만히 웃었다.

"나도 중학교에 입학했을 때 드래곤과 비슷한 일을 겪었어. 가족 모두 서울로 이사를 와서 아는 친구 하나 없었지. 같은 반 아이들은 나를 촌놈이라고 놀려 대고, 어떨 땐 은근히 따돌리기도 했어."

"하이바 아저씨 때도 왕따가 있었나요?"

"예전에도 반에 한두 명은 그런 아이들이 있었어. 중학교 때 내가 그 경우였지."

놀라웠다. 하이바 아저씨도 왕따를 당했던 경험이 있다니.

"그런데 가만히 지켜보니 우리 반에 나와 비슷한 처지의 친구가 한 명 있는 거야. 교실 맨 앞에 키도 작고 허약해 보이는 아이가 항상 외롭게 앉아 있었어. 아, 저 아이도 나와 비슷한 처지구나."

"그래서 어떻게 됐어요?"

"그 아이에게 다가가 말을 걸었고, 우린 친구가 되었지. 처음부터 말이 잘 통하고 취향이 맞는 친구는 아니었는데, 대화를 나누면서 공통의 관심사를 찾아내는 기쁨 같은 게 있었어. 예를 들면 그 친구는 건담 로봇에 해박했고, 난 자동차를 좋아했거든. 서로 잡지도 빌려 보며 트랜스포머 같은 변신 자동차 로봇 이야기를 하는 거지. 그 후론 누구도 우릴 건드리지 않았고 다른 친구들도 사귀게 된 거야."

드래곤은 오밤의 얼굴을 떠올렸다. 누가 봐도 요즘 유행하는 개그 프로의 한 장면인데, 자신이 개발한 유머라고 우기면서 드래곤을 웃겨 주던 오밤의 환한 얼굴 말이다.

"지금 가장 힘든 사람은 오밤일 거야. 모든 게 자기 탓이라고 생각할 테니까. 그럴수록 드래곤이 오밤의 친구로 남아 있어 줘야 해."

하이바 아저씨는 마치 드래곤의 마음속에 들어와 있는 것처럼 오밤 이야기를 꺼냈다. 드래곤은 땅이 꺼져라 한숨을 쉬었다.

"너무 힘들어요. 왜 나한테 이런 불행이 닥친 건지 모르겠어요."

"드래곤, 물러서거나 도망가면 안 돼. 너의 행복을 가로막고 있는 장벽을 걷어치울 수 있는 건 너 자신밖에 없어. ……드래곤을 만난 후 난 항상 즐겁고 행복했어. 드래곤과 함께 달리는 것도 좋고, 무지개다리 사람들과 수다를 떠는 것도 좋아. 자전거를 타면서 내가 더 멋지고 소중한 사람이 된 것 같기도 해. 신기하지 않니? 그냥 바퀴 두 개 달린 쇠붙이일 뿐인데, 자전거는 내가 발을 휘저으면 야생마처럼 살아서 움직이잖아."

바람 한 점 없는 호수의 표면처럼 잔잔한 말투와 달리 하이바 아저씨의 얼굴은 상기되어 있었다. 그것이 곧 닥쳐올 태풍을 맞이하는 하이바 아저씨의 시한부 행복임을 드래곤은 전혀 눈치채지 못했다.

"당분간 무지개다리에 오지 못할 거야."

"무슨 일 있어요?"

"음, 회사 일."

"수출이 잘돼서 바빠지고 그런 건가요?"

"하하, 그것도 괜찮은걸?"

하이바 아저씨는 짧은 웃음을 남긴 채 손을 흔들며 드래곤과 헤어졌다. 끼익끼익, 집으로 돌아오는 내내 서스펜션의 소음이 귀에 거슬렸다. 삐걱거리는 것은 드래곤의 마음만이 아니었다.

드래곤은 교무실 문 앞에서 한참을 서성거렸다. 몇 번이나 문고리를 잡으려고 했지만, 굳게 닫힌 교무실 문은 너무나 무겁고 차갑게 느껴졌다. 이 문을 열고 들어가면 모든 근심 걱정을 잊게 하는 천국이 나타날지, 고통의 불구덩이가 입을 벌리고 기다릴지 도무지 모를 일이었다. 하지만 며칠을 고민하고 머리부터 발끝까지 용기를 쥐어짜 여기까지 왔다. 드래곤은 꿍따리 아저씨의 걱정, 스텔스 형의 분노, 하이바 아저씨의 격려와 로미의 단호한 얼굴을 떠올리며 마침내 떨리는 손으로 교무실 문을 열었다.

"선생님, 드릴 말씀이 있는데요."

자리에 앉아 학습 지도안을 검토하고 있던 담임 선생님이 물끄러미 드래곤을 바라봤다.

"어, 그래. 무슨 용무야?"

"반장이랑 오범규 일로……."

드래곤은 말을 흐렸다. 다리가 후들거리고 뜨거운 숨이 코끝을 간지럽혔다.

"반장? 김태준 말이야?"

"네."

"반장이랑, 누구?"

"오범규요."

"오범규?"

담임 선생님이 태연히 학생부를 뒤적이는 순간, 드래곤은 그가 자신의 편이 되어 주거나 도움을 줄 수 있는 존재가 아니라는 사실을 직감했다. 담임 선생님은 2학기가 시작된 지금까지도 오밤의 이름과 얼굴을 인식하지 못하고 있었다. 드래곤 역시 마찬가지일 것이다. 한 학년 열 개가 넘는 반에 수백 명의 아이들이 우글거리는 학교라곤 하지만, 그중 서른다섯 명이다. 한 반에 서른다섯 명이란 말이다. 차라리 국어 선생님이 있었다면, 국어 선생님이라면 내 말을 들어 줬을지도 모르는데. 하지만 지금 국어 선생님은 출산 휴가를 가고 없었다.

"그래, 무슨 일이야? 둘이 싸웠어?"

"그게 아니고……."

드래곤은 말문이 막혔다. 그 많은 이야기는 이미 드래곤의 마음 밑바닥까지 가라앉아 버렸다.

“선생님, 부르셨어요?”

등 뒤에서 섬뜩한 목소리가 들렸다. 첼시였다. 드래곤은 얼음처럼 굳어서 발끝만 내려다봤다.

“애들한테 오답지 나눠 주고, 수행평가 프린트 게시판에 붙여 놔라.”

“네.”

“아, 그리고.”

담임 선생님이 첼시를 돌려세우자 드래곤의 가슴이 쿵쾅거렸다.

“요즘 학급 분위기 어때?”

“조금 시끄럽긴 하지만 별문제 없는데요.”

“그래, 알았다. 수고해라.”

첼시는 교무실 밖으로 나갈 때까지 드래곤 쪽을 쳐다보지도 않았다. 첼시는 화가 났을 것이다. 분명히 내가 담임 선생님에게 고자질하러 왔다고 생각하겠지. 이건 최악 중의 최악이다. 지금이라도 담임 선생님에게 사실대로 다 털어놓을까? 아냐, 그런다고 해결될 문제가 아니다. 담임 선생님의 표정을 봐. 첼시를 전적으로 신뢰하고 있잖아! 오밤의 이름은 알지도 못하면서 말이야. 말할 수 없다. 말해 봐야 소용없다. 어쩌지? 정말 어떻게 해야 하지?

결국, 드래곤은 아무 말도 하지 못한 채 교무실 문을 나설 수 밖에 없었다. 드래곤은 교실로 돌아가는 것이 두려웠다. 날카로운 가시덤불이 무성하게 돋아난 긴 복도를 따라 한 발 한 발 걸음을 옮길 때마다 드래곤의 종아리에 생채기가 나고 발바닥이 찢겨 나갔다. 피가 흘러도 소리를 지르거나 울 수 없었다.

교실에 들어서자 아니나 다를까 록바가 드래곤을 향해 비아냥거렸다.

"담임한테 꼰지르고 왔어? 씨발, 존나 야비한 새끼네."

야비하다니. 이게 여럿이서 한 명을 괴롭히면서 쓸 수 있는 단어인가? 드래곤은 갑자기 화가 치밀어 올랐다.

"야비한 건 너희들이야."

"뭐? 지금 뭐라고 씨부렸어? 다시 한 번 말해 봐, 씨발새꺄!"

"그만해."

록바를 말린 것은 첼시였다. 첼시는 항상 록바와 같은 앞잡이들의 험악한 입을 통해 자신의 감정을 대리 표출시키고, 정작 자신은 느긋하게 뒤로 물러나 있다가 때가 되면 점잖은 말투로 교통정리에 나섰다. 아이들은 그것을 '공평하고 이성적인' 반장의 매력이라고 생각했다.

"너 조심해라. 한 번만 더 깝치면 헬게이트 열리는 수가 있어. 알아들었냐? 이 좆만이 새꺄."

록바가 세모꼴로 눈을 부라리며 드래곤을 위협했다. 첼시가 나서지 않았다면 싸움이 날 수도 있었을 것이다. 잠시 긴장이 감돌았던 교실은 다시 평온을 되찾았다. '조금 시끄럽긴 하지만 별문제 없는' 교실의 하루가 지나고 있었다.

학원을 마치고 무지개다리에 도착했을 때 드래곤을 반겨 준 사람은 꿍따리 아저씨 한 사람뿐이었다.

"오늘은 우리 둘뿐이네."

꿍따리 아저씨의 목소리가 유독 가라앉아 있었다. 오늘따라 꿍따리 아저씨의 스테레오 스피커에서 울리는 뽕짝도 구슬픈 단조 메들리였다.

"하이바 소식 들었어?"

"무슨 소식요?"

"하이바 회사에 노사 분규가 생겼나 봐."

"노사 분규요? 파업 같은 거요?"

"그래."

"그럼 하이바 아저씨도 파업에 동참한 건가요?"

"그러니까 며칠째 오지 않는 거겠지. 바보 같은 짓을……."

꿍따리 아저씨가 말을 흐렸다. 하이바 아저씨가 파업이라니? 얼마 전까지 아무 일 없는 듯 환하게 웃고 있었는데. 월급을 올려 달라는 건가? 아니면 설마 회사에서 잘린 건가? 꿍짝꿍짝 싸구려 음악만이 무지개다리에 울려 퍼졌다.

"로미랑 스텔스도 영 올 것 같질 않네. 오늘은 여기서 헤어지자고."

꿍따리 아저씨와 작별한 후, 집으로 돌아오는 길이 유독 길게 느껴졌다. 어느 순간 포데로사에서 나던 기분 나쁜 소음은 사라지고 딱딱한 진동만 느껴졌다. 완충 장치 역할을 하는 서스펜션이 완전히 망가져 버린 것 같았다. 자전거 도로 보강 공사로 우레탄을 걷어 내고 울퉁불퉁한 시멘트가 알몸을 드러낸 구간에 다다르자, 바퀴의 진동이 핸들을 쥔 손목을 타고 어깨로, 목으로, 그리고 머리까지 고스란히 전해졌다. 뼈를 울리는 아픔이 드래곤의 몸속에 스며들었다.

RACE 11

태풍

여름이 지나도 더위는 쉽게 물러갈 줄 몰랐다. 여전히 습하고 불쾌한 대기가 땀샘을 자극했고 양재천 밤길을 달리다 보면 짧은 생애를 만끽 중인 날벌레들이 무수하게 얼굴에 들러붙었다. 조금만 참자. 이 더위와 벌레들도 머지않아 스산한 가을바람과 함께 양재천 물줄기를 따라 탄천으로, 한강으로 흘러갈 것이다.

월요일 아침, 드래곤은 학교 갈 채비를 서둘렀다. 어젯밤부터 조금씩 비가 내리기 시작하더니 날이 밝자 빗줄기가 굵어졌다. 한반도 전역이 태풍의 영향권에 접어들었다는 뉴스가 거실 텔레비전에서 흘러나오고 있었다.

흐린 것은 날씨만이 아니었다. 드래곤은 식탁 앞에 앉아 홀로 아침을 먹었다. 아빠는 지방 출장으로 아침 일찍 집을 나섰고, 엄마는 마른걸레를 들고 가죽을 다 벗겨 낼 기세로 소파를 박박 닦고 있었다. 숟가락이 달그락거리는 소리가 유독 크게 들렸다. 이 어색하고 썰렁한 아침 풍경은 모두 지희 때문이다.

"용지희 학생 보호자시죠? 따님이 친구들과 공원 놀이터에서 담배를 피운 모양이에요. 주민 신고가 들어와서 지금 지구대에 데리고 왔습니다."

며칠 전 엄마는 경찰 아저씨에게 전화를 받고 한동안 말을 잇지 못했다. 엄마가 지구대를 찾았을 때 지희는 친구들과 함께 진술서와 반성문을 쓰고 있었다. 엄마가 더욱 놀라고 화가 난 이유는 지희와 아이들의 표정에서 반성하는 모습을 털끝 하나 발견할 수 없었기 때문이다.

"그냥 친구들 따라 한번 해 봤어."

그게 지희가 한 말의 전부였다. 그 말투가 얼마나 도도하고 시크하던지 대체 잘못을 한 쪽이 누구인지도 헷갈릴 지경이었다. 시크 지희가 담배를 피운 것에 대해 엄마와 아빠는 물론 드래곤도 충격을 받았다. 일진, 탈선, 불량 학생, 비행 청소년……. 지희와는 좀처럼 어울리지 않는 단어들이 가족을 헤집어 놓았다. 불과 십수 개월 전까지 코찔찔이 초등학생이던 지희가! 물론 한 살 터울의 오빠에게 감사나운 동생이긴 했지만, 엄마 아빠 눈에는 그저 귀엽고 영특한 딸이었다. 지희도 이제 사춘기가 시작된 걸까? 그 서막을 울리는 팡파르가 꽤나 요란스러웠다.

엄마는 지희에게 다시는 담배를 입에 대지 않겠다는 다짐과 함께 나쁜 친구들과도 어울리지 않겠다는 약속까지 받아 내고서야 잔소리를 멈췄다. 엄마는 애써 화를 참고 마음을 진정시키려는 듯 그 후 지금껏 입을 닫은 채 집 안을 쓸고 닦기만 했다. 덕분에 집은 반짝반짝 광이 나는 무균 청정지역이 되었지만, 그것으로 엄마의 마음마저 깨끗이 청소되는 것은 아니었다. 지희는 학교에 갈 때까지 제 방에 틀어박혀 있다가 조용히 집을 나섰다.

"여자중학교라서 괜찮을 줄 알았는데, 제 오빠랑 같은 학교에 배정받았어야 했어."

집 안 가득 엄마의 한숨이 메아리쳤다. 지희가 나와 같은 학교에 다녔으면 이런 일이 없었을까? 그럴 리가 없지. 지금 내 꼴을 보고도 그런 소리가 나와? 내 인생도 이렇게 버거운데 어떻게 동생까지 보살필 수 있단 말인가. 드래곤은 꾀병을 부려서라도 학교를 빠지고 싶은 마음이 굴뚝같았지만, 지희의 선제공격이 너무 셌다.

교실에 들어서면 드래곤은 유령 같은 존재가 되었다. 드래곤에게 말을 거는 것은 첼시 패거리뿐이었다. 물론 살가운 말일 리가 없었다.

"좆만아, 오늘은 자전거 안 타고 왔어? 너 자전거 좋더라? 나도 좀 타 보자."

록바가 드래곤의 어깨를 주먹으로 때리며 말했다. 장난이라기엔 어깨가 욱신거릴 정도로 아팠다.

"그거 얼마짜리야? 나도 좀 타 보자니까."

얼마짜리냐고……? 포데로사의 가치는 돈으로 매길 수 없어.

"씨발새꺄, 사람이 말을 하면 대꾸를 해야지!"

록바의 주먹이 점점 세졌다. 드래곤은 끝까지 입을 다물고 아픔을 참았다. 절대로 말하지 않을 거야. 너희의 조롱에 반응하지 않을 거야. 지금 할 수 있는 건 이게 전부인걸.

"그만해."

역시 첼시였다. 너그럽고 리더십이 강한 반장.

"록바가 타고 싶다는데 잠깐 빌려 주지그래?"

첼시의 말투는 나긋나긋했지만, 그 말은 당장 자전거를 내놓으라는 뜻과 같았다. 첼시는 지금 협박을 하고 있는 것이다.

"미안해. 빌려 줄 수 없어."

첼시와 록바의 표정이 굳어지자 드래곤은 어금니를 꽉 깨물고 온몸에 잔뜩 힘을 주었다. 록바의 주먹이 날아들지도 모르니까.

"쪼다새끼."

하찮은 록바에게 쪼다라고 불려도 어쩔 수 없다. 드래곤은 첼시 패거리에게 자전거를 빌려 준다면 다시 돌려받지 못하리라 생각했다.

록바는 드래곤을 괴롭히는 데 흥미를 잃었는지 아무렇지도 않게 자리를 떴다. 록바 정도라면 일대일로 싸워서 이길 수 있을지도 모른다. 하지만 록바 뒤에는 첼시가 있다. 첼시는 키도 크고 힘도 세고 운동신경도 뛰어나다. 공부를 잘하는 걸 보면 상황 판단도 빠를 테지. 첼시와 백 번을 싸운다면 아마도 아흔아홉 번은 처참하게 두들겨 맞을 것이다. 남은 한 번의 확률은 첼시가 식중독과 급체, 독감, 장염에 걸려서 구토, 오한, 발열, 폭풍 설사가 겹쳤을 때나 가능할 것이다. 아니, 그런 최악의 상황에 내몰린 첼시라 하더라도 나 같은 녀석 하나쯤은 충분히 상대할 수 있을 것이다.

그때 드래곤은 교실 구석에 코 푼 휴지처럼 흐물흐물 구겨져 있는 오밤과 눈이 마주쳤다. 둘은 마치 누가 더 불행한지 경쟁하며 고난의 레이스를 펼치고 있는 것 같았다. 아주 짧은 순간이었지만 드래곤과 오밤은 입꼬리를 실룩이며 짧은 웃음을 나눴다. 거미줄처럼 가늘고 성긴 우정이었다.

며칠 동안 쉬지 않고 내리던 비가 그쳤다. 태풍이 북태평양 고기압에 밀려 제주도에서 잠시 주춤거리고 있다고 했다. 드래곤은 첼시 패거리의 눈을 피해 학교 옆 아파트 단지에 포데로사를 세워 두었다. 지금껏 귀차니즘 때문에 학교 안 자전거 보관소를 이용해 왔지만, 당분간은 오밤이 안전하다고 알려 주었던 장소에 포데로사를 숨겨 두기로 한 것이다.

학교 수업이 끝난 후 학원으로 가는 길에 빗방울이 다시 얼굴을 때렸다. 비상용 우비를 챙기긴 했지만 비가 많이 오면 곤란하다. 드래곤은 힘차게 페달을 밟으며 속도를 올렸다.

"그냥 순리대로 퇴직금이나 챙기고 물러서면 될 일을, 왜 이길 수도 없는 싸움에 휘말려서 그 고생을 하난 말이야."

"그게 왜 이길 수 없는 싸움이라고 생각해요? 비정규직을 보호하는 법이라는 게 있잖아요."

"세상 물정을 몰라도 한참을 모르는군. 스텔스, 법이 누구 편이라고 생각해? 그런 거대한 회사를 상대로 이길 수 있을 것 같아? 지금 하이바는 되지도 않는 떼를 쓰는 거라고."

"떼를 쓴다고요? 노동자들에겐 생존이 달린 문젠데 아저씨 눈엔 그게 떼로 보여요?"

"생각해 봐. 지금 너 나 할 것 없이 힘든데 근로자는 임금 인상해 달라지, 복지 확충해 달라지, 거기다 비정규직까지 다 먹여 살리라고 요구하면 회사 경영은 어떻게 하라는 거야? 회사가 망하면 지들이 어디 가서 일을 해? 하이바도 사람이 그럴 줄 몰랐어. 정신 못 차리고 노조 편에 붙어서 날뛰고 말이야."

"꽁따리 아저씨가 재벌 편 드는 건 말리지 않겠는데요, 하이바 아저씨까지 매도하진 마세요."

"내가 언제 하이바를 매도했다고 그래? 얼마 전 주식은 매도

했지만. 으허허."

"씨발, 그 시답잖은 개그 좀 집어치우라고요!"

스텔스 형의 입에서 욕설이 튀어나왔다. 순간 꿍따리 아저씨의 얼굴이 납처럼 굳었다. 춘천 여행 이후, 스텔스 형과 꿍따리 아저씨가 대립하는 일이 잦아졌다. 그때마다 꿍따리 아저씨는 가볍게 웃어넘겼지만, 스텔스 형은 달랐다. 스텔스 형은 자신과 다른 입장에 서 있는 사람들의 문제를 우습게 여기는 꿍따리 아저씨에 대한 불만이 점점 커지고 있었다. 드래곤은 고래 싸움에 끼어든 새우처럼 꾸부정한 자세로 눈치만 살폈고, 로미는 사람들에게서 등을 돌린 채 흐르는 강물만 바라보았다. 무지개다리 멤버들에게 닥친 최악의 위기였다.

"스텔스, 우리 사이에 이런 말 저런 말 다 할 수 있는 거지. 그걸 가지고 그렇게 화를 낼 필요는 없잖아."

"우리 사이가 무슨 사인데요? 특별할 것 없잖아요."

"나한테는 특별해. 자전거를 타다 우연히 만나서 이렇게 함께 있는 게 흔한 일은 아니잖아."

"함께 있어도 다른 건 다른 거죠. 저는 자전거로 먹고살아야 해요. 꿍따리 아저씨는 아니잖아요. 아저씨는 취미로 달리는 거니까, 자전거 따윈 안 타도 그만이라고요."

"무슨 소리야? 나도 자전거 없인 못 살아."

"그러니까 아저씨는 아저씨랑 어울리는 동호회로 가시면 되겠네요. 음담패설도 마음껏 하시고, 비싼 자전거 자랑하면서 전국 일주도 하세요. 아참, 4대강 완주하면 인증서도 준대요. 거기 도장 다 찍고 만세 삼창하세요. 4대강 만세! 정리해고 만세!"

"스텔스, 말이 심하잖아!"

꿍따리 아저씨가 목소리를 높였다. 화가 났다기보다는 억울함이 묻어나는 목소리였다. 무지개다리 아래엔 불어난 양재천의 물소리만 남았다. 싸늘하고 어색한 침묵이 흐른 뒤, 스텔스 형이 굳은 표정으로 BMX 자전거를 일으켰다. 로미도 더는 감당하기 어려웠는지 조용히 떠날 채비를 했다.

"얘들아, 가지 마. 내가 잘못했어."

꿍따리 아저씨의 간절한 목소리가 떠나려던 이들의 바짓가랑이를 붙잡았다. 모두가 제자리에 멈춰 선 채 어디로 가야 할지, 무슨 말을 해야 할지 몰랐다. 스텔스 형은 잠시 머뭇거리다 헬멧을 쓴 채로 털썩 주저앉았다.

"그때 아들 녀석 나이가 지금 드래곤이랑 로미와 비슷했을 거야."

꿍따리 아저씨는 지금껏 한 번도 들려주지 않았던 자신의 이야기를 천천히, 그리고 조심스럽게 시작했다. 사업으로 많은 돈을 벌었고, 번듯한 가정을 꾸리고 살았던 과거 성공한 인생에 대해. 그리고 교통사고로 아들을 잃은 후 이어진 불행까지.

"아들을 하늘나라로 보내고 난 후 아내가 갑자기 이혼 서류를 내밀더라고. 도무지 이해가 되지 않았지. 하지만 어쩌겠어? 자포자기의 심정으로 도장을 찍었지. 그렇게 혼자가 되고서야 내가 뭘 잘못했는지 조금씩 깨달았어."

"뭘 잘못하셨는데요?"

드래곤이 물었다.

"난 그저 돈만 잘 벌어다 주면 된다고 생각했어. 그러면 다 되는 줄 알았어. 근데 그게 아니었나 봐. 아이와 제대로 대화를 나눈 적도 없고 아이가 뭘 좋아하는지, 무슨 생각을 하고 사는지 전혀 몰랐어."

"아버지들은 대부분 그렇잖아요."

스텔스 형이 담담하게 말했다.

"아내는 나와 산 게 아니라 아들과 살았던 거야. 나는 단지 아들 뒤에 붙어 있는 꼬리표에 불과했던 거지. 세 식구가 원이 아닌 직선으로 이어져 있었던 거야. 그런 건 아무래도 좋아. 하지만 아이가 살아 있을 때 아빠와 함께한 추억을 제대로 만들어 주지 못한 게 너무너무 미안하고 후회스러워. 난 왜 그렇게 바보같이 살았던 걸까……."

꿍따리 아저씨의 눈물 몇 방울이 바닥을 적셨다. 어른도 운다. 나이가 들수록 눈물은 마르지만, 슬픔까지 사라지는 것은 아니다.

꿍따리 아저씨의 슬픔이 양재천을 따라 천천히 흘러가기를,

모두가 말없이 기다려 주었다.

꿍따리 아저씨는 자신의 마음속 영원히 열여섯 살로 살고 있는 아들을 닮은 무지개다리의 친구들이 좋았던 것이다. 스텔스 형은 꿍따리 아저씨에게 심한 말을 한 것에 대해 진심으로 사과했고, 꿍따리 아저씨는 자긴 사과보다 귤이 좋다며 다시 저질 개그를 쏟아 놓았다. 짧은 시간이었지만 네 사람은 함께 줄을 지어 늦은 밤 양재천을 천천히 달렸다. 드래곤은 앞서 가는 꿍따리 아저씨의 펑퍼짐한 등짝 위로 엄마 아빠의 얼굴을 떠올렸다.

'내일부턴 엄마에게 신경질 내지 말아야지.'

제법 거센 바람이 가슴팍에 안겨 와 좀처럼 속도가 나지 않았다. 저마다 이런저런 생각에 빠져 달리느라, 멤버들은 로미가 조금씩 뒤로 처지고 있다는 사실을 깨닫지 못했다. 로미는 무리로부터 조금씩, 조금씩 멀어져 갔다.

드래곤이 집에 돌아왔을 때, 아빠는 베란다 바닥을 깨끗이 닦고 있었다.

"뭐 해? 밤늦게 웬 청소야?"

"아빠 이제부터 담배 끊을 거야. 베란다에 재떨이도 다 치우고, 화분 몇 개 들여놓을까 생각 중이야."

지희 때문일 것이다. 아빠가 생각 이상으로 충격을 크게 받았나 보다.

"하긴 부모가 담배를 피우면 자녀도 피울 확률이 훨씬 높대."

"지호도 커서 담배 피울 거야?"

"아니. 냄새가 너무 고약해. 자전거 타는 데도 안 좋아."

"하하, 그래야지. 담배는 백해무익한 거야."

"알면서 지금까진 왜 피웠어?"

"습관이지. 금연하려고 스트레스를 받는 것보다 그냥 피우는 게 편하잖아."

"어쨌든 축하할 일이네."

"엄마가 담뱃값만큼 아빠 용돈도 올려 준대."

"정말? 좋겠다."

"몸도 건강해지고 용돈도 벌고 일거양득이지. 지호는 요즘 학교에서 별일 없니?"

모처럼 아빠와의 즐거운 대화였는데, 드래곤은 말문이 막혔다. 지희 일만 해도 걱정이 태산인데, 나까지 엄마와 아빠를 실망시킬 순 없다.

"그냥 그렇지 뭐."

말을 얼버무린 채 슬그머니 방으로 들어와 침대에 벌렁 드러누웠다. 아차, 포데로사 수리를 또 잊어버렸네. 이번 주말에는 꼭 자전거 가게에 가 봐야지. 당장 달리는 데는 지장이 없겠지만, 자전거에 무리가 갈지도 모르니까. 내일은 첼시 패거리가 또 무슨 트집을 잡아 나를 괴롭힐까? 머릿속에 걱정과 두려움이 해일처럼 밀려오자, 천장이 빙글빙글 소용돌이쳤다. 속이 메슥거렸다.

아침만 해도 언제 태풍이 오고 있었냐는 듯 하늘은 맑게 개어 있었다. 하지만 오후가 되면서 갑자기 먹빛을 띠더니 학원 수업이 시작될 무렵부턴 흔들바람과 함께 장대 같은 빗줄기가 퍼붓기 시작했다. 비를 쫄딱 맞으면서 집으로 가는 일이야 대수롭지 않지만, 문제는 이 기세로 한두 시간 더 비가 내리면 양재천의 수위가 상승해서 자전거 도로가 폐쇄될지도 모른다는 것이었다. 양재천처럼 폭이 좁은 하천은 비가 오면 금방 물이 불어나는 데다, 탄천과 만나는 하류 지점은 물살의 속도가 느려지면서 자전거 도로마저 금방 물에 잠겨 버린다. 그렇게 되면 일반 차도로 달려야 하는데, 길도 한참을 돌아가야 하고 무엇보다 빗길 속 자동차들의 위협은 상상을 초월하는 수준이었다.

드래곤학원에있나비가많이오는구나오랜만에포풍승부를내자.

포데로사를 학원 근처에 묶어 두고 버스를 타고 가야 되나, 근심 가득한 표정으로 창밖을 바라보고 있던 드래곤에게 스텔스 형의 문자가 날아왔다. 나비가 많이 오다니, 세종대왕님께서 이러라고 만든 한글이 아닐 텐데. 그나저나 스텔스 형이 미친 것은 아닐까? 쏟아지는 빗속에서 무슨 승부란 말인가. 하지만 어차피 비를 맞으며 달려야 할 길, 혼자보다는 둘이 낫겠지!

학원 수업이 끝난 후 드래곤은 문제집과 노트를 비닐봉지에 꼭꼭 싸매어 가방에 넣었다. 머리부터 발끝까지 빗물로 샤워를 하게 될 테니 준비를 단단히 해야 한다. 집에 가면 엄마에게 시원하게 한 소리 듣겠구나.

드래곤이 양재천에 도착했을 때, 아니나 다를까 자전거 진입로는 범죄 현장처럼 '우천 시 출입 금지'라고 적힌 노란 비닐 테이프로 가로막혀 있었다.

"오늘은 내가 반드시 이긴다!"

스텔스 형이 물에 젖은 생쥐 꼴을 하고 나타났다. 아무리 봐도 드래곤을 이길 수 없는 모양새다.

"자전거 도로가 아예 보이지도 않아요. 여기 들어갔다간 빠져 죽을걸요."

"길은 어디에든 있어."

스텔스 형이 먼저 출발하자 드래곤은 하는 수 없이 스텔스 형을 따라 달리기 시작했다. 두 사람은 강둑 위 비포장도로를 따라 달렸다. 얇고 가벼운 도로 주행용 타이어를 장착한 포데로사와 달리 스텔스 형의 BMX는 두꺼운 바퀴 덕분에 울퉁불퉁한 진흙탕 길을 거침없이 헤쳐 나갔다.

성난 흙빛 물에 검은 어둠이 더해져, 지금껏 보아 왔던 오밀조밀하고 아늑한 양재천은 어디에도 없었다. 굵은 빗줄기가 세차게 얼굴을 때리고 숨을 쉴 때마다 코와 입으로 빗물이 쏟아져 들어왔다. 고글은 빗물과 흙탕물로 범벅이 되어 한 치 앞을 내다보기 어려웠다. 자동차처럼 고글에 와이퍼를 달면 어떨까? 흠, 내 머리로 생각해 낼 정도면 벌써 세상에 다 나와 있겠지. 드래곤은 엉뚱한 상상을 하며 바보처럼 히죽거렸다. 하필 그때 입 속으로 거대한 흙덩이가 튀어 들어왔다.

"우악! 퉤, 퉤."

본의 아니게 드래곤이 100퍼센트 흙 치약으로 양치질을 하고 있을 때, 앞서 달리던 스텔스 형이 갑자기 자전거를 멈췄다. 넓은 차도가 강둑을 가로막고 있어서 더는 갈 수 없었다.

"하하, 나의 승리다."

"이건 정상적인 상황이 아니니까 인정할 수 없어요."

"하하하, 어떠냐? 패배의 쓴맛이."

"정식 승부가 아니라니까요."

"에라 모르겠다. 그래, 오늘 승부는 무효!"

"이제 집에 가야겠어요."

"잠깐 우리 집에 와서 따뜻한 우유라도 마시고 가."

"스텔스 형 집이 이 근처예요?"

"바로 요 앞이야."

드래곤은 스텔스 형을 따라 강둑 반대편으로 내려갔다. 지금껏 수백 번 양재천을 오갔지만, 정작 강둑 너머의 풍경은 본 적 없었다. 멀리 보이는 청계산, 관악산, 우면산과 높은 빌딩들, 드문드문 서 있는 가로등과 버드나무가 양재천 너머로 보았던 풍경의 전부였다.

대충 쌓은 벽돌과 판자에 얼기설기 비닐을 덮어씌운 지붕, 있으나 마나 한 문짝과 비닐 창문……. 스텔스 형의 집은 집이라고 하기엔 너무나 볼품없고 조악했다. 드래곤은 행여 문짝이 부서질까 조심스럽게 문을 닫았다. 집 안으로 들어오자 쾨쾨한 곰팡내가 코를 찔렀다. 낮은 천장에 매달린 백열전구가 드래곤의 머리를 살짝 스쳤다.

"이런 데 처음 와 보지?"

"네? 네."

스텔스 형은 낡은 냉장고에서 꺼낸 우유를 양은 냄비에 붓고 가스레인지를 켰다.

"금방 따뜻해질 거야. 일단 몸이나 좀 말려."

드래곤은 스텔스 형이 준 수건으로 몸을 닦으며 두리번두리번 집을 살폈다. 시골집에서나 볼 수 있는 빛바랜 가족사진, 구석구석 쌓아 둔 오래된 신문과 잡지, 벽에 아무렇게나 붙어 있는 BMX 묘기 사진들.

"형 혼자 살아요?"

"엄마랑 둘이 살아. 오늘은 늦으시네."

드래곤은 따뜻하게 데워진 우유 한 모금을 조용히 마셨다. 고소하고 비릿한 맛이 느껴졌다.

"이제 여기서 살 시간도 얼마 남지 않았어. 조만간 이 동네 싹 밀어내고 아파트가 들어설 거야."

"그럼 그 아파트로 이사하는 거예요?"

"불가능해. 적어도 십억은 줘야 할걸?"

"그렇게 비싸요?"

"보상금을 준다고는 하는데, 월세 보증금도 안 될 금액일 거야. 그걸로 동네 사람들이 몇 년 동안 싸우고 그랬어."

뜨거운 우유의 온기가 차가운 컵을 덥히고, 컵을 쥔 드래곤의 양손으로 전해졌다. 드래곤은 우유를 한 모금 더 마셨다.

"난 하고 싶은 게 많아. BMX 국가대표가 돼서 올림픽에도 나가고 싶고, 자전거를 타고 세계 여행도 하고 싶어. 잠수함 함장도 해 보고 싶어. 『해저 이만 리』 알지? 거기 나오는 네모 선장처럼 깊은 바닷속을 탐험하는 거야. 의사도 좋아. '국경 없는 의사회'라고 들어 봤지? 아프리카 같은 곳에 가서 의료 활동을 하는 멋진 사람들 말이야. 하지만 의사가 되는 건 좀 힘들겠지? 하하."

"꿈이란 건 하나를 목표로 꾸준히 노력해야 하는 것 아닌가요?"

"오로지 하나의 목표만 바라보고 달려간다면 인생이 너무 재미없잖아. 이것도 해 보고 싶고 저것도 해 보고 싶고, 그럼 다 해 보면 되지 왜 꼭 하나만 해야 해? 그게 될지 안 될지도 모르면서 말이야."

"……."

"드래곤, 요즘도 그 녀석들이 괴롭혀?"

"……네."

"맞서 싸우기가 겁나?"

"……네, 솔직히."

"왜 겁나는지 알아? 아직 싸워 보지 않았기 때문이야. 싸움 한복판으로 뛰어들면, 두려움 따윈 금방 잊혀진다고."

"……."

두 사람은 말없이 우유만 들이켰다. 어느새 우유가 미지근하게 식어 있었다.

스텔스 형의 집을 나설 무렵 빗줄기는 조금 가늘어졌지만 바람은 더 거세게 불었다. 큰바람이 불 때마다 포데로사가 좌우로 휘청거렸고, 드래곤은 균형을 잡기 위해 평소보다 더 힘껏 핸들을 쥐었다. 부러진 나뭇가지들이 차도 위에 나뒹굴었고 깊게 뿌리내리지 못한 나무들은 결국 바람을 이기지 못하고 뿌리째 뽑혀 쓰러져 있었다. 가장 강한 바람을 품고 있다는 태풍의 꼬리부분이 드래곤의 머리 위로 지나가고 있는 듯했다.

"아이구, 지호야. 자전거는 학원에 두고 버스를 타고 오지."

엄마가 깜짝 놀란 표정으로 수건을 가져왔다. 드래곤은 온몸에 흙탕물을 뒤집어쓴 채 현관 앞에 서서 텔레비전을 뚫어져라 쳐다보았다. 뉴스에서는 한 자동차 회사의 불법 파업과 그에 따른 막심한 경제적 피해, 농성 진압을 위한 공권력 투입의 불가피성에 대한 심층 보도가 방송되고 있었다.

"○○자동차야?"

"그런 것 같은데."

"안양 공장?"

"맞아. 구시가지 쪽에 얼마 전부터 전경들이 쫙 깔렸더라."

엄마의 말에 드래곤은 가슴이 철렁 내려앉았다.

'하이바 아저씨 공장이다.'

거센 빗줄기에 체온을 빼앗긴 탓일까? 갑자기 심한 한기가 밀려왔다. 불타고 있는 바리케이드와 공장으로 진입한 경찰, 연행되는 노동자들의 모습 속에서 드래곤은 분명히 보았다. 자전거엔 어울리지 않는 노란 안전모와 낡은 청바지 차림에, 땀을 많이 흘리고 항상 웃는 얼굴이었던 한 남자를. 그 사람은 분명 하이바 아저씨였다.

RACE 12

슬립*

드래곤은 양재천 자전거 도로 한가운데 가만히 누워 있었다. 사방은 쥐 죽은 듯 괴괴했다. 계절이 바뀌어 낮과 밤의 길이가 뒤바뀐 후 밤은 더 깊고 짙어졌다. 바스락, 실바람을 타고 온 마른 나뭇잎 하나가 드래곤의 머리맡에 뒹굴었다.

"왜 길 가운데 누워 있니?"

나뭇잎이 드래곤에게 말을 걸었다.

"도로에 젖은 흙이 깔려 있었나 봐. 그만 미끄러졌어."

"그런 초보적인 실수를 하다니, 드래곤답지 않은걸. 다치진

---

*비나 눈이 내려 도로가 미끄러울 때, 혹은 급하게 브레이크를 잡아서 자전거가 균형을 잃었을 때 미끄러지는 것을 말한다. 흙과 모래, 낙엽과 맨홀 뚜껑 등도 슬립을 유발하는 위험 요소다. 라이더들은 같은 의미로 '자빠링'이라는 속어를 즐겨 사용하기도 한다.

않았어?"

"살짝 까진 것뿐이야. 승부를 가리다 마지막에 힘이 빠져서 넘어진 것 같아."

"그래? 오늘도 당연히 드래곤이 승리했겠지?"

"아니, 승부에서 졌어."

"정말이야? 드래곤이 졌다고? 드래곤은 지금껏 단 한 번도 지지 않았잖아. 대체 어떤 녀석이야?"

"에일리언 같은 헬멧을 쓰고 전신 수영복처럼 온몸에 착 달라붙은 유니폼을 입은 아저씨였어. 자전거도 내가 지금껏 본 것들 중에서 가장 날렵하고 가벼워 보였어. 도저히 이길 수 없더라."

"그런 모양새를 갖춘 도전자는 예전에도 많았잖아. 도저히 믿을 수 없어. 컨디션이 나빴던 건 아니야?"

"온 힘을 다해 달렸어. 그러다 갑자기 내가 왜 이렇게 기를 쓰고 의미 없는 승부를 하고 있는지 궁금해졌어. 자전거를 타고 남들보다 조금 빨리 달린다고 달라지는 게 뭐야? 나아지는 게 뭐야? 아무것도 없잖아. 난 그냥 아무것도 아니었던 거야. 이제 이 멍청한 짓은 그만둘 거야."

"그만둔다고? 널 응원하는 너구리와 토끼들, 비둘기, 키 큰 풀과 바위, 잠자리와 하루살이들은 어쩌고?"

"바보 같은 소리 하지 마. 그따위 것들이 날 응원할 리 없잖아."

"드래곤, 실망이야. 겨우 한 번 진 것 가지고 이렇게 쉽게 주저앉다니."

"어쩔 수 없어. 이게 진짜 나인걸. 이게 진짜 내 모습이야."

"넌 나보다 보잘것없는 녀석이었구나."

나뭇잎은 실망스럽다는 표정을 지으며 바람을 타고 드래곤의 눈앞에서 사라져 버렸다. 드래곤은 멍하니 하늘을 바라보았다. 별도 하나 보이지 않는 칠흑 같은 어둠. 공기가 무겁게 몸을 짓누르고, 지구의 중력은 더 강하게 드래곤의 몸을 끌어당겼다. 드래곤의 몸이 축축한 밤공기와 함께 땅속으로 천천히 스며들고 있었다.

'그냥 흙이나 돌멩이가 되어 버리는 것도 나쁘지 않겠네.'

드래곤은 갑자기 노래가 부르고 싶어졌다. 가장 쓸쓸하고 외로운 노래를 부르고 싶었지만, 마땅히 떠오르는 노래가 없었다. 이런 상황을 대비해 한 곡쯤은 가사를 외워 뒀어야 했는데. 끈적이는 땀과 차갑게 엉긴 침, 그리고 상처를 덧내는 건건한 눈물……. 가는 눈물 한 줄기가 저도 모르게 드래곤의 뺨을 타고 흘러내렸다.

"학생, 괜찮아?"

지나가던 아저씨가 자전거를 멈추고 드래곤의 어깨를 흔들었다. 잠시 잠이 들었던 걸까, 아니면 정신을 잃었던 걸까? 드래곤은 천천히 몸을 일으켰다. 헬멧과 장갑 덕분에 팔과 다리에 가벼운 찰과상만 있을 뿐, 크게 다친 곳은 없었다. 드래곤은 포데로사를 일으켜 세우고 천천히 길을 달렸다. 끼익끼익, 포데로사가 신음을 내기 시작했다. 아니지, 신음이 아냐. 그냥 쇠붙이 자전거에서 나는 소음일 뿐이야. 드래곤은 힘겹게 숨을 몰아쉬면서 인덕원 언덕길을 올랐다. 평소 같았으면 단숨에 치달렸을 짧고 완만한 오르막길이었다.

무지개다리의 멤버를 비롯해 양재천을 달리는 라이더들은 드래곤의 첫 패배에 대해 가타부타 말이 없었다. 굳이 그럴 필요도 없는 것이, 처음부터 장난이었을 것이다. 한 어설픈 소년의 우스꽝스러운 레이스에 살이 붙고 허풍이 더해져 만들어진 우스갯소리일 뿐, 양재천 흑룡전설을 곧이곧대로 받아들이는 사람이 있다면 그야말로 정상이 아닐 것이다. 적어도 드래곤은 그렇게 생각했다.

"하이바 아저씨는 회사를 위해 10년을 일했는데. 10년을 뼈빠지게 일했다고요. 그런데 왜 비정규직이냐고! 도대체 왜!"

스텔스 형이 성난 목소리로 무지개다리 교각에 연신 발길질을 해 댔다. 꿍따리 아저씨는 한숨을 쉬며 담배를 입에 물었고, 드래곤은 고개를 푹 숙인 채 입을 닫았다. 하이바 아저씨는 회사의 비정규직 해고에 맞서 공장을 점거하고 농성을 벌이다 결국 감옥으로 끌려갔다. 업무 방해, 특수공무집행 방해, 폭력 행위,

집회 및 시위에 관한 법률 위반……. 하이바 아저씨에게 씌워진 무시무시한 죄목들이었다.

"좀 달려야겠어요."

아직 화가 덜 풀린 듯 스텔스 형이 BMX를 타고 휭하니 무지개다리를 떠나자, 말없이 담배를 피우던 꽁따리 아저씨가 입을 열었다.

"로미는 요즘 왜 안 보이지? 드래곤, 로미에게 무슨 일 있는지 알아?"

"……모르겠어요."

드래곤은 힘없이 대답했다. 로미는 왜 보이지 않을까. 혹시 아프기라도 한 걸까? 당장 로미에게 연락해서 안부를 묻고 싶었지만, 드래곤은 밝은 목소리를 낼 자신이 없었다.

드래곤은 조용히 자리에서 일어나 포데로사에 올라탔다. 끼이익, 이번엔 안장 근처에서 듣기 싫은 소음이 났다.

'이놈의 싸구려 고물 자전거.'

드래곤은 갑자기 짜증이 밀려와 포데로사의 안장을 주먹으로 내리쳤다. 끼익끼익, 포데로사는 고통의 신음을 연신 내뱉었다.

초등학교 때 받은 유일한 상장이 개근상이라고 자랑하던 오밤이 무단결석을 했다. 효주가 학교를 떠났을 때처럼 아이들은 대수롭지 않게 받아들였다. 모두 알고 있다. 왜 오밤이 점점 말수가 적어지고, 투명인간처럼 보이지 않게 되고, 결국 학교에 오지 않았는지를. 하지만 누구도 그 이야기를 입에 담지 않았다. 무섭고 두렵기 때문이 아니었다. 굳이 오밤에 대해 걱정하거나 관심을 둬야 할 이유가 없으니까. 그게 전부였다.

"좆만아, 오늘은 자전거 안 타고 왔어?"

첼시 패거리들이 아침부터 드래곤을 괴롭혔다. 다행히 포데로사는 학교 근처 아파트에 잘 숨겨 두었다.

"내일은 가져와라. 엉?"

록바가 눈 흰자위를 보이며 위협적으로 말했다.

"고장 나서 안 타고 다녀."

"그럼 고쳐 와."

"고칠 돈 없어."

"씨발, 장난하냐?"

갑자기 록바의 주먹이 드래곤의 가슴 한가운데에 꽂혔다. 드래곤이 가슴을 움켜쥐고 뒷걸음쳤다. 드래곤은 왈칵 눈물이 쏟아질 것만 같았다.

"야, 때리지 마."

아니나 다를까 말리는 것은 첼시다.

"그냥 한번 타 보겠다는 거지 자전거를 달라는 게 아니잖아. 자전거 정말 고장 난 거 맞아?"

첼시의 점잖은 표정과 점잖은 말투, 점잖은 협박. 드래곤은 순간 두 주먹을 불끈 쥐었다.

'정말로 나쁜 건 첼시 너야.'

부들부들 떨리는 두 다리의 진동이 머리끝까지 전해졌다. 이대로 첼시에게 달려들고 싶었지만 그럴 수 없다는 걸 누구보다 드래곤은 잘 알고 있었다. 만에 하나 싸움을 한다 해도 드래곤의 편이 되어 줄 친구 역시 단 한 명도 없을 것이다. 지금 드래곤에게 학교는 지옥이고, 교실은 불구덩이였다.

방과 후 드래곤은 오밤에게 계속 문자를 보냈지만, 오밤은 답이 없었다. 드래곤은 포데로사를 단단히 묶어 둔 자물쇠를 푼 후 버프와 고글을 착용하고, 화단에 숨겨 둔 헬멧을 찾아 썼다. 하지만 드래곤은 중요한 사실 하나를 잊고 있었다. 평소 같았다면 첼시 패거리들에게 포데로사를 들킬까 주변을 살폈겠지만, 오밤에게 문자를 보내느라 정신이 팔린 나머지 드래곤은 학교 정문을 나설 때부터 여태껏 자신을 따라오는 눈들이 있다는 사실을 전혀 눈치채지 못했다.

드래곤은 학원 수업을 마치고 곧바로 오밤의 집으로 향했다. 아쉽지만 오늘은 무지개다리를 건너뛰자. 급한 마음에 페달을 밟는 드래곤의 발이 빨라졌다. 로미가 사는 주상 복합 아파트를 지날 무렵, 산책로 옆 벤치에 앉아 있는 한 소녀가 드래곤의 눈에 들어왔다. 드래곤은 포데로사를 멈추고 소녀에게 다가갔다.

"로미 맞지?"

로미가 고개를 들었다. 등 뒤 가로등 불빛에 그늘진 로미의 얼굴이 어둡게 보였다.

"다들 걱정하고 있어. 어디 아픈 건 아니지?"

로미는 말없이 고개만 끄덕였다.

"하이바 아저씨가 감옥에 갔어. 나쁜 짓을 한 건 아니……."

"알고 있어. 하이바 아저씨가 파업하기 전에 집 앞으로 찾아와서 얘기해 주셨어."

하이바 아저씨도, 로미도 서로를 걱정하고 있었다.

"난 이제 무지개다리에 갈 수 없어. 더 이상 자전거를 탈 수 없거든."

"자전거를 탈 수 없다니? 무슨 일 있어?"

"춘천에 다녀온 뒤 며칠 동안 많이 아팠거든. 그 후로 아빠가 자전거를 못 타게 해. 고집을 부려 봤지만 결국 자전거를 빼앗겨 버렸어."

"자전거 타는 게 어때서 그래?"

"자전거를 타다 손을 다치면 악기를 다룰 수 없대."

"그건 튼튼한 장갑을 착용하면……."

"난 음악을 하고 싶지 않아. 그건 아빠의 꿈이지 내 꿈이 아냐."

드래곤은 입을 다문 채 고개를 숙였다. 다른 사람이 대신 꾸어 주는 나의 꿈. 그건 로미의 이야기만이 아니었다.

"그냥, 죽어 버렸으면 좋겠어."

로미의 말에 드래곤은 가슴이 철렁 내려앉았다.

"그, 그런 말도 안 되는 소리 하지 마."

"내가 사라져도 아빤 아무렇지 않게 잘 살 거야. 어쩌면 더 기뻐할지도 몰라. 앓던 이가 빠진 것처럼 후련할 테니까."

"그럴 리 없어."

드래곤은 로미의 말에 당황했다. 재미없고 소심한 아빠지만, 늘 잔소리를 하는 엄마지만 드래곤은 엄마와 아빠가 자신을 미워한다고 생각해 본 적은 없었다. 로미의 아빠도 다르지 않을 것이다. 조금 차가운 인상이긴 했지만 로미의 아빠도 로미를 사랑하고 있을 것이다. 드래곤은 그렇게 믿고 싶었다.

"꿍따리 아저씨한테 너희 아빠 만나서 설득해 달라고 부탁해 볼게. 안 되면 스텔스 형 자전거를 빌려 탈 수도 있잖아. 걱정하지 말고 가끔이라도 연락해 줘. 다들 보고 싶어 해. 언제라도 좋으니까, 기다리고 있을게."

드래곤은 몇 차례나 헬멧을 고쳐 쓰고 무거운 걸음을 떼었다. 로미를 혼자 남겨 둔 채 떠나는 것이 못내 미안하고 불안했지만, 더 늦기 전에 오밤을 만나야 했다. 드래곤이 저만치 사라져 갈 때까지, 로미는 여전히 어둠 속에 머물러 있었다. 로미의 슬픈 얼굴과 힘겨운 호흡은 한밤의 어둠에, 드래곤을 짓누르는 마음의 무게에 묻혀 가고 있었다.

지금 집 앞에 와 있어. 내려오지 않으면 내가 올라간다.

드래곤이 보낸 최후통첩에 오밤이 마지못해 아파트 현관으로 터덜터덜 내려왔다. 오밤은 선뜻 유리문을 열지 못하고 엉거주춤 발을 꼬았다.

"문 좀 열어 봐."

"……학원 갔다 오는 길이야?"

"문 열어. 무슨 감옥에 면회 온 것 같잖아."

오밤이 현관 유리문을 열고 밖으로 나왔다.

"아팠어?"

"……."

"아픈 거 아니지?"

"……."

"내일도 결석할 거야? 학교 안 다닐 거야? 어떡하려고 그래?"

"……."

"내일은 꼭 학교 와. 혼자 당하지 말고 나랑 둘이 당하자. 그럼 좀 낫지 않겠어?"

"……용지, 미안해."

"뭐가?"

"나 때문에……."

"그게 무슨 상관이야. 내일은 학교 꼭 와라. 내일 보자."

친구잖아. 친구니까 괜찮아.

오밤에게 말해 주고 싶었다. 하지만 해 줄 수 있는 것이 아무것도 없는데. 하고 싶어도 할 수 없는 말이었다.

집으로 돌아오는 길, 건전지가 다 닳았는지 포데로사의 전조등이 불안하게 깜빡거렸다. 길에 쌓인 낙엽들이 깜빡거렸고, 도로를 따라 이어진 가변 차선이 깜빡거렸고, 하루 동안의 몹쓸 먼지와 매연을 받아 낸 고단한 가로수들이 깜빡거렸다. 세상은 온통 희미하고 불안한 것투성이였다.

다음 날 오밤은 다시 학교에 나왔다. 여전히 투명인간 신세에 달라진 것은 하나도 없지만, 어제의 결석 탓인지 첼시 패거리의 움직임은 잠잠했다. 적어도 오늘 하루는 무사히 넘어갈 수 있겠구나. 드래곤이 안도의 한숨을 다 내쉬기도 전에 첼시의 충실한 강아지 록바가 드래곤에게 치근대기 시작했다.

"자전거 고쳤냐?"

"아니."

"안 고쳤어?"

"학원 가느라 고칠 시간이 없었어."

"시간이 없어? 아우, 존나 좋군!"

록바가 낄낄거리며 기분 나쁘게 웃었다.

나의 로시난테가 최신형 카본 크랭크를 달고 200그램을 감량했다. 기분도 전환할 겸 승부하자. 포데로사 따윈 개나 줘 버려, 이제 로시난테의 시대다!

학교 수업이 끝나 가고 있을 때 꿍따리 아저씨가 드래곤에게 도전장을 보냈다. 이제 더는 레이스를 펼치지 않겠다고 다짐했는데. 그래, 무지개다리 멤버와 달리는 것은 굳이 레이스라고 할 것도 없지. 오늘은 학교에서 나쁜 일도 없었고 컨디션도 좋으니까, 모든 것을 잊고 달리자.

드래곤은 가벼운 발걸음으로 아파트 단지로 향했다. 오늘 학교에서는 아무 일도 없었다. 내일도 모레도 오늘만 같으면 더 바랄 게 없을, 최근 들어 가장 평화롭고 잔잔한 하루. 하지만 불안한 평화는 거기까지였다.

망가진 우산처럼 흉측하게 부러진 바퀴살, 날카로운 무언가에 찢겨 버린 타이어, 꽈배기처럼 휘어진 바퀴……. 포데로사는 처참한 모습으로 망가져 있었다. 드래곤은 멍하니 포데로사를 바라보았다. 드래곤은 회색 벽돌 가루가 잔뜩 묻어 있는 자물쇠를 손바닥으로 닦았다.

'네가 포데로사를 끝까지 지켜 주었구나. 하지만 그러지 않는 게 나을 걸 그랬어. 차라리 그냥 보내 줬다면 포데로사가 이렇게 망가지진 않았을 텐데.'

드래곤은 부들부들 떨리는 손으로 자물쇠를 풀고 포데로사를 일으켜 세웠다. 포데로사는 움직이지 않았다. 심하게 휜 바퀴는 구를 수조차 없었고, 변속기와 브레이크도 완전히 망가져 있었다. 어떡하지? 학원에 가야 하는데. 드래곤은 다시 자물쇠를 채웠다. 아니지, 학원에 갔다 오면 너무 늦어. 드래곤은 다시 자물쇠를 풀었다. 그렇다고 학원 수업을 빠질 순 없어. 버스를 타려면 지금 빨리 가야 해.

드래곤은 다시 자물쇠를 채우고 학원 버스가 있는 곳으로 달리기 시작했다. 다리가 후들후들 떨려 몇 번이나 제풀에 넘어질 뻔했다. 드래곤은 학원 수업을 듣는 내내 쿵쾅거리는 가슴을 진정시키느라 단 한 개의 영어 단어도 외우지 못했고, 단 한 줄의 수학 문제도 풀 수 없었다. 드래곤의 머릿속엔 엉망이 된 포데로사의 모습과 함께 몇 명의 얼굴이 떠오를 뿐이었다. 그제야 드래곤은 학교에서 낄낄거리던 록바의 웃음이 어떤 의미인지 똑똑히 깨달을 수 있었다.

"나쁜 놈들……."

집으로 돌아오는 버스 안에서 드래곤은 애써 울분을 참으며 중얼거렸다. 초라하고 비굴한, 겁쟁이의 독백이었다.

RACE 13

라스트 스퍼트

포데로사를 잃은 드래곤은 다시 존재감 없는 용지호가 되었다. 학교에서 마주친 첼시 패거리는 무슨 일이 있었느냐는 듯 태연하게 낄낄거렸고, 그 모습은 눈 뜬 채 꾸는 악몽과 같았다. 자전거를 탈 수 없게 되자 지호는 무지개다리에 가는 것도 포기했다. 가끔 스텔스 형과 꿍따리 아저씨가 안부 문자를 보내왔지만, 답장은커녕 아예 휴대전화를 꺼 놓기 일쑤였다.

지호는 학원을 오가는 버스 안에서 깨어나지 못할 정도로 깊은 잠에 빠져들었다. 매일같이 포데로사와 함께 수십 킬로미터를 달렸던 드래곤은 어디에도 없었다.

드래곤이 사라진 양재천은 흑백 무성영화의 한 장면처럼 고요

했다. 무지개다리 아래에 모이는 멤버라고 해야 꿍따리 아저씨와 스텔스 형뿐이었다.

"드래곤은 오늘도 안 오네요."

"도대체 무슨 일이 있는 거지? 도전을 받아들이겠다고 답장을 주고선 소식이 완전히 끊겼거든. 이것 봐. 드래곤이 문자 마지막에 'ㅋㅋㅋ'라고 썼잖아. 이때만 해도 전혀 문제가 없었어."

"며칠 전부턴 휴대전화도 아예 꺼져 있어요."

"로미는 또 어떻게 된 거야? 로미와도 전혀 연락이 안 돼. 설마 둘이 사랑의 불장난을 한 건 아니겠지?"

"어휴, 뭐라고 대꾸할 힘도 없습니다요."

스텔스 형이 한숨을 내쉬었다. 두 사람은 멍하니 양재천 강물이 흘러가는 것만 바라보았다.

"드래곤을 괴롭히던 패거리들이 아무래도 맘에 걸려. 우리가 드래곤을 위해 뭔가 할 수 있는 게 없을까? 학교 앞에 매복해 있다가 그놈들이 나오면 먼지 나도록 두들겨 패 주는 건 어때?"

"그건 범죄잖아요. 폭력은 나빠요."

"눈에는 눈, 이에는 이."

"……생각해 둔 게 하나 있긴 한데."

"뭔데? 말해 봐. 위험한 건 아니겠지?"

"위험하진 않은데 리스크는 있죠."

"무슨 말이 그래? 앞뒤가 안 맞잖아. 전설의 레전드, 어둠 속의 다크니스야?"

"운명의 데스티니도 빼놓을 수 없죠."

"농담 그만하고, 계획을 말해 봐."

이러쿵저러쿵, 어쩌고저쩌고, 스텔스 형의 말에 꿍따리 아저씨가 으흠, 어허, 오호! 추임새를 넣어 가며 귀를 기울였다. 듣는 사람 하나 없는 한밤중의 비밀스러운 대화가 이어졌다.

"흐음, 난 못 하겠어. 확실히 위험해. 게다가 그게 드래곤에게 도움이 되겠어?"

"난 해 볼 만하다고 생각하는데요."

"지금은 드래곤이 어떤 상황인지 아는 게 우선이야. 스텔스, 드래곤 다니는 학원 어딘지 알지?"

"여기서 멀지 않아요."

"벌써 수업이 끝나진 않았겠지? 가자고."

학원까지 가는 짧은 거리를 두 사람은 어느 때보다 빠르게 달렸다. 학원 앞 도로에는 학원 버스들이 끝이 보이지 않을 정도로 길게 늘어서 있었다.

"이건 뭐 버스가 아니라 기차 같구먼. 대학 철도 999! 기차가 어둠을 헤치고 국영수를 건너면~."

꿍따리 아저씨가 가쁜 숨을 몰아쉬며 엉터리 노래를 부르고 있을 때, 학원 건물에서 수백 명의 학생이 쏟아져 나왔다.

"아저씨, 저기!"

스텔스 형의 손끝을 따라 꽁따리 아저씨의 시선이 멈춘 곳에는 축 처진 어깨의 작고 못난 드래곤이 있었다.

"드래곤!"

꽁따리 아저씨와 스텔스 형이 지호 앞을 막아섰다. 지호는 고개를 숙인 채 두 사람의 시선을 애써 외면했다.

"어떻게 된 거야? 그동안 무슨 일 있었어?"

"……지난번에 약속 지키지 못해서 죄송해요."

"그건 됐으니까 신경 쓰지 말고. 어디 다치기라도 한 거야?"

"아뇨, 괜찮아요."

"포데로사는 어디 있어?"

스텔스 형의 질문에 지호는 숨이 턱 막혔다. 말하고 싶지 않다. 숨기거나 거짓말을 하고 싶은 것은 아니다. 그저 아무런 말도 하기 싫을 만큼 지쳤을 뿐.

"……망가졌어요. 이젠 못 타요."

"망가져? 자전거 타다 넘어진 거야? 조심하지 그랬어."

"버스 시간 다 됐어요. 갈게요. 죄송해요."

지호는 아랫입술을 깨물며 두 사람에게 서둘러 작별을 고했다. 그때 스텔스 형이 지호의 팔을 붙잡았다.

"그 새끼들이 그런 거지?"

"……."

"맞지? 그 새끼들이 망가뜨린 거지?"

"……."

지호는 스텔스 형의 손을 뿌리치며 도망치듯이 버스를 향해 뛰어갔다. 꿍따리 아저씨와 스텔스 형은 부르릉부르릉 매연을 뿜으며 사라져 가는 버스의 뒤꽁무니를 한참 동안 바라보았다. 짧은 침묵을 깨고 꿍따리 아저씨가 입을 열었다.

"스텔스."

"왜요."

"난 스텔스랑 드래곤, 로미 모두 내 자식들이라고 생각해."

"갑자기 오글거리게 왜 그러세요."

"난 말이야, 우리가 그냥 한번 냅다 달리고 농담이나 하고 마는 그런 사이는 아니라고 생각해. 뭐 처음에는 그렇게 시작했지만, 적어도 지금은 아니야."

"확실히 우리가 좀 유별나긴 하죠."

"그럼 하자고."

"뭘요?"

"아까 스텔스가 말했던 계획. 실행하자고."

꿍따리 아저씨의 준엄한 표정에 스텔스 형은 대답 대신 고개를 끄덕였다. 두 사람은 누가 먼저랄 것 없이, 불꽃 하이파이브를 하고 맞잡은 손을 오래도록 놓지 않았다.

예상대로 지호는 중간고사를 망쳤다. 엄마의 핀잔은 그런대로 참을 수 있었다. 성적이 떨어졌어도 아쉬울 건 없었으니까. 자전거를 못 타게 될지도 모른다는 걱정을 할 필요도 없었고, 용돈을 줄인다고 해도 전혀 두렵지 않았다. 용돈 대부분이 자전거 용품과 부품을 사는 용도로 쓰였기 때문에, 이젠 그마저도 필요 없었다.

중간고사가 끝나자마자 체육대회 주간이 돌아왔다. 반 티셔츠를 맞추고 축구와 피구, 계주, 단체 줄넘기 같은 종목별 팀을 구성하기 위한 회의가 시작되자 교실 안은 바빠졌다. 2학년 때도 첼시가 반장으로 있던 반이 축구를 포함해 종합 1위를 차지했던 터라, 이번 체육대회에서도 첼시네 반이 강력한 우승 후보였다. 남자아이들은 목청을 높여 가며 내가 공격수다, 네가 수비해라, 저마다 승리의 방정식을 외치며 떠들어 댔다. 하지만 첼시 패거리가 축구를 비롯한 다른 구기 종목에 지호와 오밤을 끼워 줄 가능성은 바르셀로나의 영웅 메시가 숙적 레알 마드리드에 입단할 가능성보다 적었다. 기껏해야 줄다리기 시합에나 참가할 수 있을까? 지호는 자신의 초라한 표정을 들키는 것이 싫어 쥐 죽은 듯 책상에 엎드려 있었다. 바로 그때였다. 지호와 오밤을 제외한 모두가 왁자지껄 목소리를 높여 가며 떠들고 있을 때, 그 소음을 잠재우는 우렁찬 한마디가 창문 밖에서 들려왔다.

"드래곤!"

지호가 벌떡 고개를 들었다. 짧은 외침이었지만 단번에 알아

차릴 수 있는 익숙한 목소리, 익숙한 단어.

"드래곤! 듣고 있나? 드래곤!"

아이들이 창가 쪽으로 우르르 몰려들었다. 지호도 슬며시 자리에서 일어났다. 텅 빈 운동장 한가운데 검은 BMX를 타고 홀연히 우뚝 선 남자, 풀 페이스 헬멧에 검은 두건을 쓰고 있었지만 한눈에 알아볼 수 있는 라이더, 스텔스 형이었다.

"피할 수 없다면 맞서 싸워라!"

스텔스 형이 목이 터져라 고함을 지르자 수많은 학생들이 한꺼번에 창문 밖으로 고개를 내밀었다.

"헐, 뭐야? 뭐라는 거야?"

"몰라. 싸우래. 미쳤나 봐."

아이들이 신기함 반, 황당함 반의 표정을 지으며 와글거렸다. 스텔스 형의 모습을 보며 웃지 않는 아이는 지호뿐이었다. 지금 스텔스 형이 누구를 향해, 왜 저렇게 목에 핏대를 세우며 고함을 지르는지 그 의미를 아는 사람 역시 지호뿐이었다.

"도망친 곳에 낙원 따윈 없어! 그곳 역시 지옥일 뿐이야!"

"드래곤, 힘내라! 나도 왔다!"

갑자기 형형색색 요란한 옷차림의 뚱보 아저씨가 자전거를 타고 운동장 한가운데로 달려왔다. 꿍따리 아저씨였다.

"스텔스, 어떻게 그런 멋진 말을 생각했어?"

"만화책에서 본 거예요."

"어쩐지. 스텔스 머리에서 그런 멋진 말이 나올 리가 없지."
"드래곤! 듣고 있지? 널 위한 노래다!"

하지만 힘을 내 이만큼 왔잖아

이것쯤은 정말 별거 아냐 세상을 뒤집자

도무지 알 수 없는 것뿐인 복잡한 이 지구가

재밌는 그 이유는 하나 Yes, it's you

꿍따리 아저씨의 애마 로시난테에 달린 스피커에서 경쾌한 비트의 노래가 울려 퍼졌다. 스텔스 형과 꿍따리 아저씨는 알아들을 수 없는 괴성으로, 박자와 음정을 무시한 채 노래를 따라 불렀다. 창문을 빼곡하게 메운 아이들이 그 볼썽사나운 모습에 장난 섞인 박수를 보냈지만, 지호는 손뼉을 칠 수도 낄낄거릴 수도 없었다.

"뭐 하시는 겁니까!"

갑작스런 소란에 경비 아저씨가 운동장을 가로질러 두 사람에게 다가왔다.

"자, 시작해 보자고!"

꿍따리 아저씨가 신호를 보내자 스텔스 형이 갑자기 핸들을 꺾어 학교 현관 계단을 향해 돌진했다. 스텔스 형의 BMX는 울퉁불퉁한 계단을 가볍게 뛰어넘으며 건물 안으로 진입했고, 단숨에 2층 계단을 올라 지호가 있는 교실 앞에 도착했다. 순식간에 벌어진 일이었다. 운동장에서는 여전히 소녀시대의 노래가 울려 퍼졌고, 꿍따리 아저씨와 경비 아저씨의 술래잡기 놀이가 이어지고 있었다.

스텔스 형이 BMX를 탄 채 교실 안으로 들어오자 마치 시간이 멈춰 버린 듯, 아이들은 호기심 어린 눈빛으로 스텔스 형의 행동을 숨죽여 지켜보았다. 스텔스 형은 교실 한구석 초라하게 자리를 지키고 있는 지호를 어렵지 않게 찾을 수 있었다. 냉혹한 정글 속 외롭게 버려진 어린 용.

스텔스 형이 칠판 앞에 서 있던 첼시와 마주섰다. 파란색 유니폼을 입은 키가 크고 훤칠한 녀석, 첼시로군. 하지만 내가 더 잘생겼어! 스텔스 형은 크게 한번 심호흡을 한 뒤, 갑자기 입고 있던 티셔츠를 훌렁 벗었다.

"꺄악!"

"오오!"

티셔츠를 벗을 때 옷이 헬멧에 걸려 아주 잠깐 꼴사나운 장면이 연출되긴 했지만, 스텔스 형의 검은 피부와 다부진 상체 근육이 드러나자 아이들의 탄성이 쏟아졌다.

스텔스 형의 몸은 상처투성이였다. 벗어지고 아문 팔꿈치, 찢어지고 꿰맨 팔뚝, 부러지고 접합된 어깨……. 천 번을 휘두르고 만 번을 막아 내며 살아남은 고대 검투사처럼, 스텔스 형은 검 대신 BMX 자전거로 천 번을 점프하고 만 번을 뒹굴었을 것이다.

"상처가 나는 것을 겁내면 한 걸음도 앞으로 나아갈 수 없어. 내가 이 상처와 무얼 맞바꿨는지 보여 주마."

아이들은 조용히 스텔스 형을 주시했다. 저 이상한 인간이 대체 무슨 말을 하고 있는 거지?

"형! 저쪽에서 잡으러 와요!"

복도 쪽에서 시끄러운 소리가 들려왔다. 자전거를 탄 시꺼먼 침입자를 잡기 위해 체육 선생님이 구원투수로 등장하자, 아이들이 입 모아 소리를 지른 것이다.

"드래곤, 내가 할 수 있는 건 여기까지다. 지금부턴 오로지 너의 몫이야."

"형! 저쪽에서 또 와요!"

스텔스 형이 교실을 나서는 순간, 체육 선생님의 맞은편에 경비 아저씨가 모습을 드러냈다. 사냥꾼들의 포위망에 걸려든 것이다. 두 사람이 합동작전을 펼치며 서서히 간격을 좁혀 오자 스텔스 형은 헬멧을 고쳐 쓰며 큰 소리로 외쳤다.

"간다!"

스텔스 형은 말이 끝나기 무섭게 체육 선생님을 향해 전속력으로 질주하기 시작했다. 우오오! 꺄아악! 남자아이들의 탄성과 여자아이들의 비명으로 복도가 들썩거렸고, 지호는 저도 모르게 발을 동동 굴렀다.

"위험해!"

"부딪친다!"

아이들이 소리를 지른 순간, 스텔스 형의 BMX가 갑자기 벽을 타고 체육 선생님의 머리 위로 솟구쳐 올랐다.

"우와아아아!"

아이들의 박수와 함성이 터져 나왔다. 아주 짧은 순간이었지만, 검고 두꺼운 쇳덩어리가 하늘을 날고 있었다. 그 찰나의 순간 얼마나 엄청난 일이 벌어진 건지, 아무도 몰랐을 것이다. 단 한 사람, 지호만 빼고 말이다. 지호는 두 주먹을 불끈 움켜쥐며 짜릿한 전율을 느꼈다.

'360 테일휩!'

점프를 한 채 자전거를 공중에서 완전히 한 바퀴 회전시키는 고난도 기술. 실패를 거듭했던 그 어려운 기술을 스텔스 형이 드디어 완벽하게 해낸 것이다. 마치 새로운 생명을 얻은 것처럼, 드래곤의 가슴이 갑자기 요동치기 시작했다.

'해낼 줄 알았어. 스텔스 형이니까!'

체육 선생님과 경비 아저씨의 포위망을 멋지게 뚫고 건물을 빠져나온 스텔스 형은 운동장을 가로질러 유유히 교문 밖으로 사라졌다. 생애 최고의 레이스를 펼치고 결승점을 통과하는 스프린터처럼, 엄지손가락을 하늘 높이 찔러 올리는 것도 잊지 않았다.

"그만 자리에 앉아. 회의 계속하자."

짧은 소나기가 지나간 들판처럼 교실은 들뜬 웃음소리로 어수선했다. 첼시의 말에 아이들이 하나둘 제자리로 돌아갈 때, 용지호 아니 드래곤은 두 주먹을 불끈 쥔 채 그 자리에 서 있었다.

"제자리로 들어가."

다시 한 번 첼시가 말했지만 드래곤은 미동도 하지 않았다.

"좆만아, 반장 말 안 들려?"

아니나 다를까 록바가 적절한 타이밍에 거들고 나섰다.

"……난 자리가 없어. 너희들이 빼앗아 갔잖아."

드래곤은 애써 숨을 고르며 말을 꺼냈다. 목소리가 떨리고 가슴이 벌렁거렸지만, 예전처럼 다리가 후들거리지는 않았다. 이 느낌은 뭘까?

"새끼, 미쳤나."

욕설이 들렸다. 하지만 드래곤은 겁나지 않았다. 심장의 거센 박동이 좀처럼 가라앉지 않았다. 그제야 드래곤은 이 두근거림의 정체가 무엇인지 깨달았다. 그것은 두려움도 분노도 아닌, 용기였다.

"범규하고 나는 왜 구기 종목이 없어? 학급 전원이 구기 종목 하나씩 필수적으로 참여하는 게 이번 체육대회 규칙 아니었어?"

어떤 아이는 무시하고, 또 다른 아이는 대놓고 짜증을 냈지만 드래곤은 신경 쓰지 않았다. 드래곤의 불타는 두 눈은 오직 첼시를 향해 이글거렸고, 첼시의 표정은 잔뜩 일그러져 있었다.

"회의 방해할 거면 밖으로 나가."

첼시의 말에 웅성거리던 교실이 삽시간에 조용해졌고, 아이들의 시선이 일제히 드래곤을 향했다.

"여긴 내 반이야. 반장이면 다야? 네 맘대로 주인 행세 하지 마."

오오, 어딘가에서 작은 탄성이 들려왔다. 누군가 아무 생각 없이 내뱉은 짧은 감탄사였지만, 그것은 첼시 왕국의 균열을 알리는 신호탄이 되었다.

"들어가라고, 씨발놈아!"

기어이 행동에 나선 첼시의 끄나풀 록바가 드래곤의 멱살을 잡아끌었다. 드래곤은 두 손으로 록바를 뿌리치고 힘껏 밀어젖혔다. 록바는 깃털처럼 가볍게 공중으로 떠올라 꼴사나운 모습으로 교실 바닥에 내동댕이쳐졌다.

"반장, 넌 비겁하고 치사해! 친구를 괴롭히고 따돌리니까 좋아? 행복해? 넌 정말 나쁜……."

드래곤은 우렁차고 시원하게 욕을 내뱉고 싶었지만 차마 그러진 못했다. 욕을 하기 시작하면 계속 욕을 하며 살게 되겠지, 차마 그러긴 싫다, 라는 고결한 상상에 빠진 드래곤의 눈앞에 갑자기 소행성 몇 개가 회전하기 시작했다. 화를 참지 못하고 달려든 첼시의 주먹이 드래곤의 얼굴에 날아든 것이다. 드래곤은 균형을 잃고 비틀거렸다. 하지만 이대로 볼품없이 쓰러질 수만은 없다. 드래곤은 넘어지는 순간 온 힘을 다해 첼시의 팔을 붙잡았다. 그럴싸한 폼은 아니었지만, 둘은 함께 교실 바닥에 뒹굴었다. 코끝이 찡하고 화끈거렸다. 뭔가 뜨거운 액체가 드래곤의 뺨을 타고 흘러내렸다. 코피가 난 것 같았다. 첼시는 여전히 분이 덜 풀린 모양인지 쓰러진 드래곤의 몸 위에 올라타 주먹을 휘둘렀다. 하지만 바닥에 엉겨 붙은 진흙탕 싸움에서 제대로 된 유효 펀치가 나올 리 없었다.

드래곤이 첼시의 소나기 펀치를 견디고 있을 때, 옆에서 오밤이 첼시 패거리들을 상대로 육박전을 벌이고 있었다. 오밤도 참지 않았구나. (왠지 일방적으로 얻어맞고 있는 것 같긴 하지만) 오밤이 날 악의 무리로부터 지켜 주고 있어! 왠지 모를 벅찬 감정이 드래곤의 몸을 뜨겁게 달구었다. 첼시가 드래곤을 떼어 내고 몸을 일으켜 세우려는 순간, 갑자기 시간이 멈춘 듯 모든 것이 정지되었다. 드래곤의 눈에 망가진 포데로사의 페달이 보였다. 드래곤은 있는 힘을 다해 발을 뻗어 페달을 밟았다.

퍼퍽! 묵직한 소리가 교실 안에 울렸다. 드래곤이 발로 찬 것은 포데로사의 페달이 아닌 첼시의 턱이었다. 몸을 일으키려던 첼시가 그야말로 나무토막처럼 드래곤 위로 꼬꾸라졌다. 뒤엉켜 있던 록바와 오밤도, 싸움을 구경하던 아이들도, 나 몰라라 하던 아이들도 모두 입을 벌린 채 쓰러진 첼시만 바라봤다.

"죽은 거 아냐?"

"선생님 불러!"

"어떡해! 119에 전화해!"

"경찰! 경찰!"

교실은 아수라장이 되었다. 아이들이 담임 선생님을 부르러 간 사이 록바는 첼시의 뺨을 두드리며 어린아이처럼 울먹였다.

"씨발놈아, 너 감옥 보낼 거야!"

주저앉아 코피를 닦던 드래곤은 저도 모르게 피식 웃음이 났다. 록바의 저주스런 외침이 전혀 무섭지 않았고 오히려 속이 후련했다. 마치 끈적한 밤의 레이스를 펼치고 집에 돌아와 샤워를 한 후, 오렌지주스 한 잔을 시원하게 들이켜며 최신 음원을 감상하는 그런 기분이랄까? 그나저나 첼시는 여전히 죽은 듯 쓰러져 있었다. 설마, 정말 죽은 건 아니겠지?

다행히도 첼시는 선생님이 교실로 오기 직전에 정신을 차렸다. 운이 좋았는지 크게 다친 곳은 없는 듯했다. 행운은 오히려 드래곤의 편이었는지도 모르겠다. 싸움을 벌였던 아이들 전부가 교무실에 불려가 담임 선생님에게 호된 꾸중을 듣긴 했지만, 그 무리에 '반장, 모범생, 엄친아' 첼시가 끼어 있었다는 것은 이 싸움이 징계나 처벌까지 가지 않는다는 결론을 암시하는 것이기도 했다. 첼시는 '체육대회를 준비하다 의견이 맞지 않아 잠깐 다툰 것일 뿐'이라고 담담히 말했다. 드래곤은 첼시의 태연한 거짓말에 입을 굳게 다물었다. 앞으로 괴롭힘이 얼마나 더 심해질지 알 수는 없지만, 첼시 패거리에 맞서 싸울 수 있는 용기가 생겼기 때문에 더는 두렵지 않았다.

학교 수업이 끝나고 드래곤과 오밤은 사이좋게 나란히 교문을 나섰다. 얼굴 곳곳이 벌겋게 부어오르고 생채기가 난 두 얼간이는 그동안 못다 나누었던 개그 삼매경에 빠져들었다. 오밤이 그토록 지양하던 저질 개그, 몸 개그도 오늘 하루는 마음껏 허용되었다. 드래곤이 학원 버스에 오를 때까지 두 친구는 쉬지 않고 웃고 떠들었다.

학원 강의실에서 드래곤은 다시 자전거를 탈 방법을 궁리했지만 뾰족한 수가 떠오르지 않았다. 지금까지 꼬박꼬박 모아 온 용돈은 자전거 용품을 사는 데 다 써 버려서 새 자전거는 고사하고 중고 자전거를 살 돈도 없었다. 게다가 일가친척들로부터 세뱃돈을 긁어모을 수 있는 민족의 명절 설날이나, 당당히 선물을 요구할 수 있는 생일까지는 무려 석 달 이상 기다려야 한다. 생일 선물을 미리 달라고 요구해 볼까? 아니, 그러기엔 지난 중간고사 성적표가 너무 참담했다. 제길, 시험이라도 잘 봐 놨어야 했는데. 중간고사 성적이 형편없었으니 기말고사 성적을 왕창

올리면 생일 선물을 당겨 받을 수 있지 않을까? 그러기 위해선 지금 이렇게 딴생각을 하면 안 되지. 두뇌 풀 가동! 드래곤은 두 눈을 부릅뜨고 수학 공식이 빼곡히 적힌 강의실 칠판에 정신을 집중했다. 부르르, 휴대전화의 진동이 드래곤의 신경을 건드렸다. 스텔스 형의 문자였다. 후후, 스텔스 형이랑 꿍따리 아저씨에게 자랑해야겠다. 그리고 정말 고맙다는 말도 해야지. 하지만 드래곤의 기쁨은 스텔스 형의 문자를 확인하면서 얼음 조각처럼 차갑게, 산산이 부서져 버렸다.

로미 아빠에게 연락이 왔어. 로미가 아직까지 집에 들어오질 않았대. 오늘 학교에도 가지 않았고, 자전거도 같이 사라졌대. 지금 꿍따리 아저씨와 양재천을 샅샅이 뒤지고 있어. 학원 끝나는 대로 연락해. 영동5교 밑에서 기다리고 있을게.

드래곤은 엄마에게 '오밤 집에서 공부하다 간다'는 문자를 보낸 후, 가방을 챙겨 학원 문을 박차고 뛰어나왔다. 육교를 건너고 도로를 가로질러, 할로겐 가로등에 붉게 물든 아파트 단지 사이를 관통하며 쉼 없이 뛰고 또 뛰었다. 어느새 가방을 멘 등은 땀으로 흠뻑 젖었고, 호흡이 가빠진 탓인지 첼시에게 맞았던 코끝이 욱신거려 왔다. 자전거가 있었다면 이렇게 힘들고 먼 거리가 아니었을 텐데.

‘그냥, 죽어 버렸으면 좋겠어.’

마지막으로 로미를 만났던 밤, 로미가 했던 말이 드래곤의 귓가에 윙윙거렸다. 설마, 그럴 리가 없어. 나쁜 생각을 하면 안 돼. 절대로 그런 일은 생기지 않을 거야. 행여 로미가 길을 잃은 채 서성이고 있을지도 모르는 양재천은 여전히 보이지 않았다.

RACE 14

제멋대로 낙원

드래곤은 자전거를 타고 한강을 따라 달리고 또 달렸다. 꿍따리 아저씨는 잠실 방향으로, 스텔스 형은 한강 북단으로 흩어졌다. 드래곤은 스텔스 형이 집에서 가져온 장바구니가 달린 자전거를 타고 한강 남단을 맡았다.

시간은 자정에 가까워지고, 어둠은 그만큼 깊어졌다. 자전거 도로와 산책로가 뒤섞인 복잡한 길 위를 오가는 사람들 가운데 로미가 있을지도 모르기 때문에, 잠시라도 긴장을 늦출 순 없었다. 로미는 대체 어디에 있는 걸까? 청담대교, 영동대교, 성수대교를 지날 때마다 드래곤은 잠시 멈추어 서서 다리 위의 난간을 유심히 살폈다. 제발 그곳에 로미가 없기를 바라며.

여의도를 지나 선유도 공원의 불빛이 보이면서 드래곤은 초조해지기 시작했다. 조금만 더 가면 김포에 다다른다. 이제 돌아가야 하나? 드래곤은 침착함을 유지하려고 애썼지만, 저도 모르게 입술이 마르고 목이 타들어 갔다.

그때였다. 맞은편에서 가로등 불빛에 반짝이는 하얀 헬멧을 쓴 소녀가 천천히 달려오고 있었다. 드래곤은 자전거를 멈추고 안도의 한숨을 내쉬었다. 로미가 돌아온 것이다.

“드래곤, 자전거가 바뀌었네?”

그래, 로미는 아직 모르고 있었지. 근데 지금 그게 중요한 게 아니잖아!

“모두 널 찾고 있었어. 하루 종일 어디 있었던 거야?”

“하이바 아저씨 말이 맞았어. 자전거를 타면 더 멀리 자유롭게 갈 수 있어. 달리다가 힘들면 지하철을 타고, 또 힘을 내서 달렸어. 그랬더니 어느새 바다와 마주친 거야. 정말 굉장하지 않니? 자전거를 타고 바다를 만나고 왔어.”

종일 뙤약볕 아래서 달렸기 때문인지, 로미의 얼굴은 발갛게 상기되어 있었다. 다행이다. 어쨌든 다행이다. 이렇게 무사히 돌아와 준 것만으로도. 드래곤은 돌아오는 길에 오늘 하루 있었던 일을 로미에게 이야기했고, 로미는 마치 자신의 일인 양 기뻐하며 웃어 주었다.

로미를 본 꽁따리 아저씨는 이번 일은 그냥 넘길 수 없다며

'혼구녕'을 내야겠다고 난리 블루스를 추었고, 스텔스 형은 말없이 로미의 헬멧을 쓰다듬어 주었다. 로미가 아빠와 함께 집으로 돌아간 뒤에야, 세 사람은 짧게나마 낮에 벌어진 대활극과 첼시 격파 무용담으로 이야기꽃을 피웠다.

집으로 돌아오는 버스 안에서 드래곤은 차창에 머리를 기댄 채 밀려드는 잠에 빠져들었다. 마치 롤러코스터를 탄 것 같은 하루였다. 덜컹덜컹, 내 삶도 움푹 파인 아스팔트 도로처럼 울퉁불퉁 제멋대로구나. 인생이여, 평화로울지어다.

몇 해 전 첼시는 세계 최강 바르셀로나와 뮌헨을 연달아 격파하며 꿈에 그리던 챔피언스리그 우승 트로피를 들어 올렸다. 하지만 영광의 순간은 잠시뿐, 첼시는 모리뉴 감독이 떠난 이후로 전통의 맨유와 신성 맨시티에 밀려 리그 우승권에서 멀어진 채 힘겨운 시간을 보내 왔다. 여기까진 진짜 축구 이야기다.

축구클럽 첼시의 부흥과 몰락, 영광의 궤적과 함께 '첼시' 패거리에게도 큰 변화가 생겼다. 불의의 일격을 당한 첼시가 더 잔인하게 드래곤을 괴롭힐 것이라는 우려와 달리, 첼시는 드래곤과 오밤에게 어떤 폭력도 행사하지 않았다. 그보다 더 놀라운 사실은 첼시가 자신을 따르던 패거리에게 '자진 해산'을 선언한 것이다. 아이들 대부분은 순순히 그 사실을 받아들였지만, 첼시의 일원이라는 것에 무한한 자긍심을 가지고 있던 록바에게 패거리 해산은 충격과 공포 그 자체였다. 록바는 첼시의 결정에 반발하고 첼시를 설득해 보기도 했지만, 첼시 왕국을 부활시키기 위한 시도는 그리 오래가지 못했다. 첼시는 패거리를 포함한 반 아이들 대부분과 여전히 좋은 관계를 유지했고, 특유의 카리스마와 모범적인 품행도 여전히 그대로였다.

국어 선생님도 건강한 아기를 낳고 학교로 돌아왔다. 무슨 얘기를 어떻게 들었는지 모르겠지만, 드래곤은 처음으로 국어 선생님의 호출을 받고 개인 상담을 했다. 드래곤은 처음이자 마지막으로 국어 선생님께 지금껏 있었던 일과 속마음을 털어놓았다. 국어 선생님은 드래곤의 길고 지루한 이야기를 끝까지 들어주었고, 개인 상담의 마지막 코스로 드래곤의 손톱을 하나하나 정리해 주었다.

싸움에 대한 벌로 다섯 번의 반성문을 제출하는 마지막 날, 첼시와 드래곤은 상담실에 단둘이 남겨졌다. 또각또각 어색한 연필 소리만 오가고 있을 때, 드래곤은 문득 첼시가 입은 파란 티셔츠에 눈이 갔다.

"모리뉴 감독이 돌아오니까 첼시가 더 강해진 것 같아."

"……당연하지. 첼시는 원래 강했어."

"난 처음부터 첼시 팬 아니었어. 난 맨유가 좋아."

"박지성도 없는데 맨유가 좋아? 박지성 때문에 맨유 응원한 거 아니었어?"

"그건 맞아. 그래서 이제 다른 팀으로 바꿔 보려고."

피식, 둘 사이에 짧은 웃음이 오간 후 다시 어색한 침묵이 흘렀다. 첼시는 책상 위에 연필을 내려놓고 조용히 말을 꺼냈다.

"나도 무서웠어."

"뭐가?"

"변명처럼 들릴지 모르겠지만, 처음엔 나도 그렇게 심하게 할 생각이 아니었어. 그런데 어쩌다 보니까 걷잡을 수 없이 달리고 있더라. 브레이크 없는 폭주 기관차처럼."

"그런데?"

"발차기 한 방이 날 멈췄어."

"어, 그건 나도 그러려고 한 건 아니야."

"어쨌든 그게 날 멈췄어. 고맙다고 하기도 그렇고, 좀 웃프네."

"그래. 그게 고마울 일은 아니지."

"……미안하다."

첼시는 쑥스러운 듯 서둘러 반성문을 마무리하고 먼저 상담실을 빠져나갔다. 첼시가 좋은 녀석인지 아닌지는 모르겠지만, 분명한 것은 몹시 나쁜 녀석도 아니라는 거다. 드래곤은 서둘러 반성문의 마지막 문장을 써 내려갔다.

이유 여하를 막론하고, 폭력은 나쁜 것입니다. 앞으로 다시는 폭력을 사용하지 않을 것을 다짐하고 반성합니다. 비록 상대가 부당한 폭력을 사용할지라도, 간디의 비폭력 무저항 정신의 50퍼센트만 본받아 비폭력 유저항 정신으로 맞서겠습니다.

드래곤은 텅 빈 상담실 책상에 턱을 괴고 엎드려 긴 숨을 내쉬었다. 이제는 예전처럼 첼시에게 괴롭힘을 당하지 않을 것이고, 주먹을 휘두르며 싸우는 일도 없을 것이다. 그렇다고 해서 이전처럼 첼시와 사이좋게 지내기도 쉽지 않겠지. 상처는 사라지지 않는다. 단지 아물 뿐, 흔적은 그대로 남는다. 앞으로 얼마나 더 큰 상처를 받게 될까. 또 그것을 치유하기 위해 얼마나 많이 애를 써야 할까?

며칠 뒤 드래곤은 낯선 번호, 낯선 목소리의 전화를 받았다. 하이바 아저씨의 부인이었다. 인덕원역 앞에서 만난 하이바 아주머니는 자동차 트렁크에 오래된 자전거 한 대와 하이바 아저씨의 엽서 한 장을 싣고 오셨다.

드래곤, 얼마 전 꿍따리 형님에게 학교에서 벌어진 일을 전해 들었어. 가파른 언덕을 멋지게 넘어서는 과정에서 포데로사가 망가졌다는 얘기도 들었고. 그래서 이 자전거를 잠시 드래곤에게 맡길까 해. 이 사이클은 내가 스무 살 때 타던 자전거야. 이 자전거를 타고 전국 일주도 하고 세계 여행도 하고 싶었지만, 사는 게 바쁘다는 핑계로 실행에 옮기진 못했어. 이루지 못한 꿈과 함께 창고에 처박아 둔 지 10년이 넘은 구식 사이클이지만, 하루 몇천 원씩 모은 돈으로 부품도 교체하고 정성껏 다루었던 소중한 녀석이니까 조금만 손보면 쓸 만할 거야. 다시 만날 때까지 드래곤이 잘 길들여 줘. 드래곤이 이 사이클을 타고 양재천을 달리는 모습을 꼭 보고 싶은데, 당장은 어려울 것 같아. 난 건강하게 잘 있으니 걱정하지 말고. 모두에게 안부 전해 줘.

드래곤은 하이바 아저씨의 자전거와 함께 학의천을 따라 천천히 걸었다. 때마침 불어온 남실바람에 하얗게 핀 물억새 꽃 한 무더기가 몸을 비비며 춤을 추기 시작했다. 강 건너 과자 공장 굴뚝에서 피어오른 고소한 연기가 물안개처럼 개천을 뒤덮고, 겨울이 머지않았음을 알리는 흰뺨검둥오리는 꽥꽥 요란하게 노래를 불렀다. 드래곤도 이에 질세라 또르륵또르륵 자전거 허브의 박자에 맞춰 흥겹게 스텝을 밟았다. 학의천에서 펼쳐진 짧고 은밀한 댄스 파티는 아무도 모르게 시작해서, 아무도 모르게 끝났다.

집으로 돌아온 드래곤은 하이바 아저씨의 자전거를 정성껏 닦고 정비했다. 다행히 부품 대부분은 그대로 사용할 수 있을 만큼 상태가 좋았고, 녹이 난 와이어와 체인 등은 포데로사에서 떼어 낸 것으로 교체했다. 뒷짐을 지고 드래곤이 자전거를 정비하는 모습을 물끄러미 바라보던 아빠가 말했다.

"우리 지호가 프로 정비사처럼 능숙하게 잘하네. 언제 그렇게 배웠니?"

"아는 형한테 배웠어. 인터넷 찾아보기도 하고."

"자전거 망가졌을 때 많이 속상했지?"

"그땐 그랬지만, 지금은 괜찮아. 다 지난 일인걸."

"……말하는 걸 보니 지호도 이제 다 컸구나. 아빠 엄마가 우리 아들 번듯하게 잘 키운 것 같아 뿌듯하네."

"그럼 용돈 조금만 올려 주면 안 돼? 자전거 용품 몇 가지 살 게 있는데."

"흐흐, 그건 엄마한테 말해라. 그나저나 망가진 자전거 부품을 재활용하는 걸 보니 〈우주 전함 거북선〉이 생각나네."

"〈우주 전함 거북선〉이 뭐야?"

"아빠 어릴 때 나온 만화영화야."

"그게 왜?"

"윤 박사가 우주 전함 거북선을 만들면서 태권브이를 분해해 부품으로 사용하거든."

"정말? 그럼 태권브이는 없어졌어?"

"결정적인 순간에 다시 부활해. 우주 악당을 물리치기 위해 태권브이가 다시 등장했을 때, 극장 안 환호성은 정말 대단했지."

드래곤은 아빠의 말에 영감을 받아 하이바 아저씨의 자전거 이름을 '거북선'으로 정했다. 아저씨가 돌아올 때까지만 사용하는 임시 명칭이긴 하지만, 아마 아저씨도 좋아할 것이다. 포데로사의 영혼이 깃들어 있는 우주 전함 거북선, 앞으로 잘 부탁해!

드래곤이 거북선을 타고 의기양양하게 양재천으로 컴백하고 며칠 뒤, 로미가 돌아왔다. 다시는 만나지 못할 것 같았던 로미가 예전 모습 그대로 베이지색 브롬톤을 타고 양재천으로 돌아온 것이다. 로미의 컴백과 동시에 스텔스 형은 입대 영장을 펄럭이며 홀가분한 이별을 선언했다. 네 사람은 무지개다리 아래서 꿍따리 아저씨가 사 온 맥주와 음료수, 주전부리를 놓고 조촐한 이별 파티를 시작했다.

"드래곤, 한잔해."

쪽쪽 콜라를 빨던 드래곤에게 꿍따리 아저씨가 맥주를 내밀었다.

"전 미성년자인데요."

"괜찮아. 어른이 주는 거니까 마셔도 돼."

"그럼 딱 한 잔만 마실게요."

예전에 집에서 아빠랑 맥주 한 모금 정도는 마셔 봤으니까 괜찮겠지. 드래곤은 단숨에 맥주 한 잔을 들이켰다.

"로미도 한잔 받아."

로미는 두 손을 예쁘게 모아 꿍따리 아저씨가 따라 준 맥주를 마셨다. 꿍따리 아저씨와 스텔스 형은 이미 시뻘겋게 달아올라 기분 좋게 웃고 있었다.

"드래곤, 자전거를 타는 게 왜 행복한지 알아? 그건 자전거를 타는 순간만은 어떤 고민도 하지 않기 때문이야. 오로지 달리는 데 집중해야 하거든. 그러지 않으면 길을 이탈할 수도 있고 위험에 빠질 수도 있어."

스텔스 형의 말에 드래곤은 고개를 끄덕였다. 자전거를 타고 달리는 순간은 그저 달릴 수 있어서 행복했고 잠시 슬픔을 미뤄 둘 수 있어서 행복했다. 드래곤은 실컷 웃고 떠들었다. 지나가는 사람이 힐끗거려도 상관없었다. 아직도 여름인 줄 알고 정신줄을 놓은 모기가 달려들어도 신경 쓰지 않았다. 드래곤은 얼굴이 화끈거리고 심장이 두근두근 뛰기 시작했다. 참을 수가 없었다. 그동안 마음속 깊이 묻어 두었던 슬픔과 고통, 후회와 분노가 맥주 한 잔의 힘을 빌려서 입 밖으로 쏟아져 나왔다.

"다신 그러지 마."

드래곤이 고개를 푹 숙인 채 중얼거리자 수다를 떨던 스텔스 형과 꿍따리 아저씨가 대화를 멈췄다. 드래곤은 고개를 들고 로미를 바라봤다. 로미는 푸른빛이 느껴질 정도로 하얗고, 금방이라도 세상에서 사라져 버릴 것처럼 투명했다. 한껏 감정이 북받쳐 오른 드래곤은 울먹이며 말을 이었다.

"죽어 버렸으면 좋겠다는 그런 말 다시는 하지 마. 난 그런 거 정말 싫어. 응, 효주한테도 잘해 줄 걸 그랬어요. 더 친절하게 대할 수 있었는데, 더 상냥하게 말할 수 있었는데, 효주는 내가 왕따를 당하고 있을 때에도 나한테 말을 걸어 준 친구였는데. 어읏, 난 진짜 바보, 멍청이, 얼간이예요."

"드래곤, 그냥 소리 내서 마음껏 울어도 돼."

스텔스 형의 말이 떨어지기 무섭게, 드래곤은 참았던 울음을 터뜨렸다. 드래곤의 얼굴은 눈물 콧물로 범벅이 되었다. 그 모습을 보다 못한 꿍따리 아저씨가 드래곤의 어깨를 토닥거리며 중얼중얼 위로의 주문을 읊었다.

"드래곤이 정말 힘들었던 거야. 그랬던 거야. 로미도 드래곤 마음 이해하지? 드래곤은 로미도 효주도 정말 소중한 친구였던 거야. 그랬던 거야. ……스텔스, 근데 효주가 누구였지? 드래곤의 숨겨 둔 여자친구인가?"

"제발 닥치세요."

드래곤이 겨우 울음을 그치고, 네 사람은 내일 다시 만나자는 소박한 약속을 남긴 채 웃으며 헤어졌다. 집으로 돌아오는 길, 드래곤은 맑게 갠 밤하늘 위로 방금 헤어진 꿍따리 아저씨, 스텔스 형, 로미의 얼굴을 떠올렸다. 이어서 하이바 아저씨와 아무것도 해 주지 못하고 헤어졌지만 언젠가는 꼭 다시 만날 효주의 얼굴까지…….

인덕원 언덕을 오르다 드래곤은 무릎에 통증을 느꼈다. 눈물을 많이 흘리면 뼈가 약해지는 걸까? 아픔을 잊기 위해, 드래곤은 더 힘껏 페달을 밟았다.

"무슨 버스 회사가 또 파업이야? 아예 문을 닫지. 짜증 나!"

아침부터 지희가 신경질을 내며 젖은 머리를 말리고 있었다. 마을버스는 올해만 세 번째 파업이다.

"이번 파업은 월급 때문이 아니라, 회사가 해고된 운전기사들을 복직시켜 준다고 약속했는데 약속을 지키지 않아서래. 그러니까 불편하더라도 우리가 이해해야지."

후루룩 콩나물국을 마시던 드래곤의 점잖은 말투에 엄마와 아빠는 서로 눈을 맞추며 어깨를 으쓱거렸다.

"헐, 자긴 자전거 탄다고 상관없다 이거지?"

"너도 자전거 타고 다녀. 굶어서 살 빼는 것보다 운동해서 살을 빼야 건강한 거야."

"아, 짜증 나."

지희는 헤어드라이어를 화장대 위에 내동댕이치고 교복 치마를 한껏 추어올렸다.

"지호는 그런 거 어떻게 알아?"

"기사 찾아봤어. 파업에 무슨 이유가 있지 않을까 궁금하기도 하고."

드래곤의 대답에 엄마와 아빠는 식탁 앞에서 쿡쿡대며 서로 옆구리를 찔렀다. 밥 한 공기를 다 비운 드래곤이 물끄러미 엄마에게 물었다.

"엄마, 나 어렸을 때 많이 울었어?"

"많이 울었지. 근데 어르고 달래면 금방 그치는 착한 아기였어."

제길, 그때부터 줏대 없이 쉽게 꾐에 넘어가는 녀석이었단 말인가.

드래곤은 잘 정비된 거북선과 함께 집을 나섰다. 이제 제법 차가워진 아침 공기가 드래곤을 맞았다. 어제 아팠던 무릎은 여전히 좋지 않았다. 다시 자전거를 타게 된 후 본격적인 레이스를 한 적도 없는데 몸에 무슨 이상이 생긴 걸까? 아니면 구부러진 모양의 핸들에 아직 몸이 적응하지 못한 걸까?

토요일 아침, 무지개다리에 모인 네 사람은 한강 끝 행주대교까지 달려 잔치 국수를 먹고 오기로 했다. 다음 주 훈련소로 떠나는 스텔스 형을 위한 이별 라이딩이었다. 네 사람은 앞서거니 뒤서거니 서로의 바람막이가 되어 주며 거침없이 달렸다. 이 편안함과 안정감은 춘천 여행을 하면서도 느낀 적이 있다. 자전거는 혼자 타면 빨리 달릴 수 있지만, 함께 타면 멀리 달릴 수 있다.

"양재천은 원래 한강으로 곧바로 흘러가는 개천이었어. 강남이 개발되면서 인위적으로 물길을 바꿔 탄천 쪽으로 흐르게 만들었지. 잠실도 원래 강북에 있었던 거 알아? 조선 시대에 물난

리가 나서 잠실이 강북에서 떨어져 나왔다가, 나중에 강남이랑 연결한 거야. 한강의 4대 섬이 여의도, 난지도, 저자도, 잠실이었으니까."

"저자도는 어디 있는 섬인가요?"

"중랑천과 한강이 만나는 곳에 있었는데 지금은 없어졌어. 강남에 아파트를 짓느라 저자도에 있는 흙과 모래를 다 퍼내 썼거든."

양재천을 시작으로 탄천을 지나, 한강을 달리며 서울 토박이 꿍따리 아저씨의 수다가 끝없이 이어졌다. 드래곤은 강이 흐르는 길이 바뀌고 섬이 생겼다가 사라지는 이야기를 들으며 입을 다물지 못했다. 아무렇지 않게 흐르는 강, 그저 그 자리를 지키는 섬에게도 저마다 사연이 있구나……. 드래곤은 갑자기 한강이 살아 숨 쉬고 있는 것 같은 기분이 들었다. 한강이 모든 것을 품을 수 있는 넉넉한 어머니의 품 같다면, 매일 달리는 양재천은 오밤처럼 장난기 가득한 친구와 닮아 있었다. 자전거를 타길 정말 잘했어. 걸어서는 도저히 갈 수 없는 먼 길, 차를 타면 그냥 스쳐 지나갔을 풍경과 만나지 못했을 사람들…….

"키가 큰 것 같은데? 안장 높이가 너무 낮은 것 아냐?"

여의도에 도착해 잠시 휴식을 취하는 동안, 무릎이 아프다는 드래곤의 말에 스텔스 형이 거북선의 안장 레버를 풀고 안장을 높였다.

"어때? 발을 뻗어 봐. 무릎이 완전히 펴지지 않고 살짝 굽혀지는 정도가 적당해."

"조금 더 높여도 될 것 같아요. 아, 이제 됐어요."

안장을 높이고 자전거를 타자 무릎이 한결 편했다. 포데로사를 탈 때보다 훨씬 높았지만 그만큼 드래곤의 키가 부쩍 커져 있었다.

휴식을 마치고 다시 출발하기 위해 드래곤 일행이 화장실에 간 로미를 기다리고 있을 때, 스텔스 형이 슬쩍 꿍따리 아저씨의 옷깃을 잡아당겼다.

"우리 먼저 출발해요."

"무슨 소리야? 함께 가야지. 마지막까지 매정하군, 스텔스."

"아, 진짜! 내가 이래서 맘 놓고 군대도 못 가겠다니까."

스텔스 형이 드래곤을 곁눈질하며 꿍따리 아저씨의 옆구리를 찔렀다.

"어헝? 어헝! 어헝~ 드래곤, 우리 먼저 천천히 달리고 있을 테니까 로미와 함께 오도록 해. 그럼 우린 바빠서 이만!"

"어? 같이 가요!"

드래곤의 애원에도 불구하고 꿍따리 아저씨와 스텔스 형은 바람을 가르며 줄행랑을 놓았다. 두 사람이 쏜살같이 사라지자마자 로미가 나타났다.

"꿍따리 아저씨랑 스텔스 오빠?"

"어? 어어, 그게, 그것이……."

"빨리 따라가자."

로미가 사뿐하게 자전거에 올랐다. 드래곤은 거북선에 타지 않고 그런 로미의 모습을 가만히 지켜봤다.

"뭐 해? 빨리 가자."

"로미야, 이제 괜찮은 거지?"

"괜찮아. 꿍따리 아저씨랑 스텔스 오빠, 드래곤 덕분에 다시 자전거도 탈 수 있게 되었잖아. 앞으론 드래곤처럼 더 열심히 달릴 거야."

"나도 노력할 거야."

"뭘?"

"뭐든지. ……너와 좋은 친구가 되고 싶어."

드래곤과 로미의 눈이 마주쳤다. 로미의 눈동자는 뽀샵질을 남발한 셀카 사진보다도 크고 아름답게 빛나고 있었다. 드래곤은 또박또박 용기 있게 말했다.

"아직 난 겁쟁이고, 눈치도 없고, 자신감도 없어. 하지만 그게 나야. 피하거나 속인다고 달라지는 건 아무것도 없다는 걸 알았어. 이젠 피하지도 않고 숨지도 않을 거야. 앞으로 난 더 멋진 사람이 되기 위해 노력할 거야."

"지금도 나쁘지 않아. 고마워, 드래곤."

로미의 말에 드래곤의 가슴이 콩닥콩닥, 귓불이 화끈화끈, 두

볼은 발갛게 달아오르고 뜨거운 콧김이 화력발전소의 굴뚝 연기처럼 솟아올랐다. 드래곤의 얼굴에 '부, 끄, 러, 워!'라는 새빨간 네 글자가 대문짝만하게 새겨졌다. 아악, 두건을 쓰고 있을 걸 그랬어! 드래곤의 심장이 금방이라도 폭발할 것처럼 요동쳤다. 그 순간 로미의 입꼬리가 샐룩거렸다. 풋, 짧게 웃음을 짓는가 싶더니 로미의 브롬톤은 어느새 저만치 달아나고 있었다. 드래곤은 거북선에 올라타 힘차게 페달을 밟았다.

스텔스 형에게

날씨가 꽤 추워졌는데 건강하게 지내고 계시는지요?

먼저 따끈따끈한 새 소식부터 전할게요. 스텔스 형이 떠난 후 무지개다리에 새 멤버가 합류했어요. 새 멤버는 내년에 환갑이 되신다는 할머니, 아니 아줌마입니다. 딸 둘을 모두 시집보내고 삶의 무료함을 달래고자 자전거를 타기 시작했대요. 스페셜라이즈드 자전거를 타기 때문에 스페셜 아줌마라고 이름을 지어 드렸죠. 스페셜 아줌마는 로미를 손녀딸처럼 예뻐해 주십니다. 요즘 로미 표정도 밝아지고 몸도 아주 건강해졌어요. 하지만 유독 꿍따리 아저씨는 어두운 얼굴을 하고 있지요. 야한 얘기나 저질 개그를 날릴 때마다 스페셜 아줌마에게 묵사발이 되거든요. 스페셜 아줌마는 한없이 부드럽고 속 깊은 분이지만 꿍따리 아저씨 같은 악당에겐 그야말로 무시무시한 천적입니다. 스페셜 아줌마는 자전거를 배운 지 두 달밖에 되지 않은 그야말로 생초보 라이더예요. 덕분에 멤버들의 평균 주행 속도가 형편없이 느려졌지만, 천천히 달리더라도 어쨌든 우리는 잘 달리고 있습니다.

저도 씩씩하게 잘 지내고 있어요. 지난 두 달 동안 키가 3센티미터나 더 자라서 안장도 더 높였습니다. 얼마 지나지 않아 스텔스 형보다 더 커질 겁니다^^ 그리고 어젯밤, 드디어 저에게 첫 패배를 안겼던 에밀리언 라이더를 만나 다시 레이스를 펼쳤습니다. 좀처럼 승부가 나지 않아 무려 두 시간을 달리고 또 달린 명승부였지요. 누가 이겼을까요? 안 가르쳐 주지요^^ 요즘은 레이스에서 패배하는 일이 자주 생깁니다. 예전이었다면 밤잠을 설쳤을 텐데, 지금은 그다지 억울하거나 분하지 않아요. 땀을 흘리며 열심히 달리다 보면, 이기고 지는 게 중요한 것은 아니라는 생각이 많이 들어요. 달리는 그 자체로 충분히 행복하니까요.

그리고 저에게 인생의 큰 목표가 하나 생겼어요. 당장 이룰 수 있는 꿈은 아니지만 언젠가는 꼭 프랑스 PBP(파리-브레스트-파리) 사이클 대회에 참가할 거예요. PBP는 네 번의 지역 예선에서 제한 시간 내에 완주해야 하고, 본선에서는 무려 1200킬로미터를 달리는 아마추어 최대의 레이스입니다. 알프레도 빈다, 지노 바르탈리, 마르코 판타니, 랜스 암스트롱……. 그런 훌륭한 프로 선수가 될 순 없겠지만, 그들과 똑같은 마음으로 달리고 싶어요. 내가 세운 목표를 향해, 포기하지 않고요. 스텔스 형도 응원해 주세요. 많이 보고 싶어요.

RACE 15
오픈 레이스

나른한 주말 오후, 퀴퀴한 방구석에 틀어박혀서 컴퓨터나 휴대전화 따위를 만지작거리고 있다면 자리를 털고 일어나 집 안 구석구석을 살펴보라. 분명 어딘가에 먼지가 뽀얗게 쌓인 자전거가 주인의 손길을 애타게 기다리고 있을 것이다.

먼저 마른걸레로 자전거를 대충 닦고 타이어가 탱탱한지 확인하자. 집에 펌프가 없다면 가까운 자전거 가게에 가서 바람을 넣으면 된다. 다음으로 브레이크는 이상이 없는지, 바퀴와 핸들을 고정한 볼트가 느슨해지지는 않았는지, 체인에 녹이 나지는 않았는지 점검을 한 후 움직이기 편한 옷을 입고 집 밖으로 나가자.

집 근처 하천으로 가면 개나리와 진달래, 혹은 다른 계절의 꽃들이 흐드러지게 당신을 반길 것이다. 페달을 밟아 힘차게 자전거를 움직여 보자. 헬멧을 쓰고 있다면 조금 더 빨리 달려도 좋다. 그렇게 한참을 달리다 보면, 촌스러운 용무늬 두건을 쓴 한 소년이 당신의 자전거를 앞지를지 모른다. 그때 소년이 들을 수 있도록 크게 소리 질러라.

"승부다!"

그러고는 소년을 따라서 있는 힘껏 페달을 밟아 보자. 물론 소년을 앞지르는 것은 불가능하다. 왜냐고? 그 녀석은 정말 빠르니까! 승부가 끝나면 소년은 무지개다리 아래에서 당신을 기다리며 수줍게 웃고 있을 것이다.

"너 정말 빠르구나."

"언제부터 달리기 시작했니?"

"자전거가 정말 멋진데!"

소년에게 이런저런 질문을 하면 소년은 얼굴을 붉히며 부끄럽게 뒷걸음질할지도 모른다. 숫기가 적고 말주변이 없어서 그렇지, 좋은 녀석이니까 괜한 오해는 말길 바란다.

소년과 잠시 이야기를 나누다 보면 다른 사람들도 하나둘 모여들 것이다. 백지장처럼 하얀 얼굴로 조용히 웃음 짓는 소녀, 자전거 묘기를 부리는 시꺼먼 피부의 금발 청년, 노란 안전모를 쓴 인상 좋은 아저씨와 쿵짝쿵짝 풍악을 울리는 시끄러운 배불뚝이까지……. 그들과 함께 시시콜콜한 수다를 나누다 보면 어느새 당신은 자전거를 타고 무지개 위를 달리고 있다. 그리고 당신의 자전거가 당신에게 말을 걸어올 것이다.

"어때? 기분 좋지? 더 신 나게 달려!"

자전거가 말을 한다고 깜짝 놀라 소리를 지르면 안 된다. 자전거는 무뚝뚝해 보이지만 섬세한 성격을 가진 녀석이기 때문에, 당신의 비명에 놀라 넘어질 수도 있다. '말하는 자전거를 서커스단에 팔아먹는다면 큰 부자가 되겠지.'라는 생각 따위는 하지 않는 게 좋다. 자전거란 녀석은 두 손으로 핸들을 쥐고, 두 발로 페달을 밟는 '바로 지금의 나'에게만 속삭이는 수줍고 비밀스러운 친구니까.

작가의 말

대학 입학 시험을 두 달 앞으로 둔 어느 가을밤이었습니다. 나는 학교 교실도, 학원 강의실도 아닌 강릉 시내의 허름한 극장 맨 뒷자리에 앉아 하염없이 울고 있었습니다. 스무 살이 되기 전 마지막으로 보았던 영화는 〈꼴찌부터 일등까지 우리 반을 찾습니다〉라는 긴 제목의 청소년 영화였습니다.

영화의 마지막 장면은 종업식 날의 교실이었습니다. 주인공의 내레이션과 함께 창문 밖으로 펑펑 눈이 내렸고, 내 눈물도 펑펑 쏟아져 내렸습니다. 당대의 아이돌 스타가 주인공인 것도 아니었고 거친 반항과 풋풋한 사랑, 기막힌 반전도 없었지만, 고3

이었던 나의 고민과 불안을 엿보기라도 한 듯 영화는 시종일관 담담한 표정으로 차가운 내 손을 따뜻하게 잡아 주었습니다. 그때가 아니었다면, 그 영화는 그렇게 감동적이지 않았을 테고 눈물을 쏟지도 않았을 겁니다. 막막하고 절실했던 순간, 나를 위로해 준 그 영화는 지금까지도 나의 베스트 오브 베스트로 남아 있습니다.

지금 이 순간에도 누군가는 열심히 공부할 것이고, 누군가는 뜨겁게 사랑할 것이고, 누군가는 잔뜩 화가 나 있을 것이고, 누군가는 슬픔과 절망에 빠져 있을 테지요. 글을 쓰며 항상 생각했습니다. 꼴찌부터 일등까지 전부는 아닐지라도, 그중 단 한 사람만이라도 나의 글을 통해 잠시나마 시린 손을 녹일 수 있다면, 그것만으로 충분하다고 말입니다. 아니, 꼭 그랬으면 좋겠다고 말입니다.

거칠고 부족한 작품을 선정해 주신 심사위원님들과 문학동네에 감사드리며, 가족이라는 이름으로 함께 살아가는 부모님, 누나, 조카 혜준과 기쁨을 함께 나누고자 합니다.

김봉래

흑룡전설 용지호

1판 1쇄 2014년 1월 20일 | 1판 13쇄 2024년 5월 13일

지은이 김봉래 | 책임편집 홍지희 | 편집 엄희정 원선화 이복희 | 디자인 선우정
마케팅 정민호 서지화 한민아 이민경 안남영 왕지경 정경주 김수인 김혜원 김하연 김예진
브랜딩 함유지 함근아 고보미 박민재 김희숙 박다솔 조다현 정승민 배진성
저작권 박지영 형소진 최은진 서연주 오서영
제작 강신은 김동욱 이순호 | 제작처 한영문화사
펴낸곳 (주)문학동네 | 펴낸이 김소영
출판등록 1993년 10월 22일 제2003-000045호
주소 10881 경기도 파주시 회동길 210
전자우편 kids@munhak.com | 홈페이지 www.munhak.com
카페 cafe.naver.com/mhdn | 북클럽 bookclubmunhak.com
트위터 @kidsmunhak | 인스타그램 @kidsmunhak
대표전화 (031)955-8888 | 팩스 (031)955-8855
문의전화 (031)955-3576(마케팅) (02)3144-3238(편집)

ISBN 978-89-546-2380-3 03810